国民阅读文库

彩图版中国历史故事系列
Illustrated Chinese History Stories

秦汉故事

韩震 ◎ 主编

吉林出版集团股份有限公司

图书在版编目(CIP)数据

秦汉故事/韩震主编.—长春:吉林出版集团股份有限公司,2011.1(2024.2重印)

(国民阅读文库·彩图版中国历史故事系列)

ISBN 978-7-5463-4577-2

Ⅰ.①秦… Ⅱ.①韩… Ⅲ.①中国－古代史－秦汉时代－通俗读物 Ⅳ.①K234.09

中国版本图书馆 CIP 数据核字(2010)第 254367 号

秦汉故事 韩震 主编

出版策划:崔文辉	特约审稿:尚尔元
选题策划:赵晓星	文字撰写:宋晓梅
责任编辑:赵晓星	设计制作:永乐图文
责任校对:刘晓敏	插图绘制:永乐图文

出　　版:吉林出版集团股份有限公司
　　　　　(长春市福祉大路 5788 号,邮政编码 130021)
发　　行:吉林出版集团译文图书经营有限公司
电　　话:总编办 0431-81629909　营销部 0431-81629880/81629881
印　　刷:三河市华阳宏泰纸制品有限公司
开　　本:787mm × 1092mm　　1/16
印　　张:10
字　　数:120 千字
版　　次:2011 年 1 月第 1 版
印　　次:2024 年 2 月第 6 次印刷
定　　价:49.80 元

如发现印装质量问题,影响阅读,请与印刷厂联系调换,电话 13313168032

总 序

　　人们常说开卷有益，因为读书可以让人分享更多的经验、了解更多的知识、感悟更多的情感、领会更多的道理、内化更多的智慧。作为人类进步的阶梯，人类须臾不能离开图书的支撑。

　　图书的力量是由语言所内涵的经验、知识、思想、文化和智慧构成的。作为万物的灵长，人类命定是与语言联系在一起的。语言是人类精神生存的家园。如果说口头语言扩展了人类交流经验知识的内涵，文字语言却进一步使人类理智具有了超越时空的力量。图书，无论介质怎样，也不管形式如何，都无非是把文字语言加以整理保存下来的形式而已。有了图书，在前人那里或他人那里作为认识结论或终点的知识，都可以成为我们进一步探索的起点。假如没有图书，知识将随着掌握者肉体的死亡而消失；有了图书，所有的知识都可以积累起来，传递下去。

　　图书所体现的文字语言的力量，是通过阅读形成的。阅读，或同意、或保留、或质疑、或辩驳，都可以激活人们的思想力、想象力、创造力，都可以感染人们的人性情怀和情感世界。文字符号必须通过与鲜活头脑的碰撞，才能擦出思想的火花。只有通过阅读，冰冷的符号才能迸发出智慧的火焰。因此，图书不只是为了珍藏，更是为了人们的阅读。各种媒介的书写——甲骨文、竹简、莎草纸、牛皮卷、石碑、木刻本、铅印本、激光照排、电子版——都须在人们的阅读中，才能发挥传递知识、传承文明、激发智慧的功能。

　　阅读犹如划破时空边界的闪电，使知识的传递和思想的交流不再限于一定时空体系内面对面的直接的人际交流。在这个意义上，读书已经构成超越时空的力量。

　　阅读是照亮晦暗不明的历史档案馆的明灯。通过文字的记载、叙述与说明，书籍使人类的知识、思想、情感和文化跨越了历史的长河，形成了文化传承的绵延纽结。通过阅读，我们可以与古代的先哲前贤进行思想对话。阅读《诗经》，似乎是让我们穿越时空隧道，回到几千年前的远古时期，感悟古代神州各地先民的所求所望；阅读经典，也能够让我们与老子、孔子、庄子、孟子、韩愈、柳宗元、苏轼、朱熹、康有为、梁启超、孙中山等无数先哲对话切磋……

阅读是连通不同文化之间鸿沟的桥梁。通过读书，我们不仅了解了中国古代思想家的理想与追求，还了解了古希腊苏格拉底、柏拉图、亚里士多德等哲学家的关注与思考；通过读书，我们知道了洛克、伏尔泰、狄德罗、卢梭、康德等启蒙思想家的探索与呐喊；通过读书，我们也可以与非洲、拉丁美洲、欧洲的人们一起，对现代世界或感同身受，或看法不一……

阅读关系每个国民的科学素质和文化素养。读书往往决定一个人的文化修养、知识广度和思想境界。阅读，让我们与伟大的心灵对话，与智慧的头脑同行。有了阅读，每个人都可以站在巨人的肩上！阅读，不仅让人有知识，而且有文化；不仅有能力，而且有智慧；不仅有头脑，而且有心灵。所以，人们说，书读多时气自华。在一定意义上说，你阅读什么书，你就是什么人；你的阅读水平，也就是你作为人的生存状态或生存样式。谁阅读的书更多些，谁的知识视阈也就更广阔些；谁阅读的书更多些，谁的精神世界也就更丰富些。

阅读关系一个民族的素质和质量，影响一个国家的前途和命运。如果说一个不读书的民族是没有希望的，那么善于读书、勤于阅读的民族才会有光明的未来。国民阅读能力和阅读水平，在很大程度上决定一个民族的基本素质、创造能力和发展潜力。善于阅读的民族，才能扬弃地继承本民族的优良文化传统，才能批判地吸纳世界各国最优秀的思想成果。一个民族的精神发育史，就是一个民族的阅读史。如果说阅读可以让一个人站在巨人肩上前行，那么一个善于阅读的民族就是站在人类文化成果的最高峰进步。在这个意义上，实现中华民族伟大复兴的愿景就有赖于全体国民的阅读。

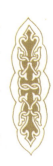

历史早已证明：无论是传承传统文化，还是引进外来文化，无论是学习已有的知识，还是探索新的可能，图书都是不可或缺的有效载体或工具。但图书的作用不能仅仅是静静地摆在图书馆的书架上，而是让所有国民有更多的阅读机会。让更多的人有更多的阅读机会，就成为摆在我们面前的愿景。

吉林出版集团推出《国民阅读文库》，可谓应运而生，恰逢其时。这套内容丰富、体系宏大的丛书，面向全体国民一生的阅读需要，以通俗易懂、简洁明快、图文并茂的方式，辅以光盘等现代数字媒介，着眼国民需要，方便大众阅读。其受众对象，从幼儿到老年、从农民到工人、从群众到干部，包括所有群体，无一遗漏；其内容涵盖，从哲学社会科学、自然科学至日常生活、艺术审美、休闲娱乐，无所不包。编辑出版这套丛书，目的就是为了更有效地弘扬中国传统文化的精髓，吸纳全人类优秀文化的精华，传播人类最新知识和思想文化成果。

总之，这套丛书按照系统的整体思想，提出自己的独特出版规划，全面涵盖了读者群体与知识领域；这样的出版规划，旨在为全体公民提供一生的文化营养，构筑新时代国民的精神家园。希望有更多的人，流连于这个知识的海洋，漫步在这块思想的沃土，在这里汲取营养，在这里学习知识，在这里滋润情感，在这里丰富心灵，在这里提升能力，在这里升华理想。

祝愿各位读者与《国民阅读文库》同行，做一个终生阅读者，在阅读中获得快乐，在阅读中得到成长，在阅读中寻找成功，在阅读中度过有意义的人生！

前 言

中华民族是一个有着五千年历史的文明古国，在漫漫的历史长河中，深深地烙下了自己的印迹。每一个重大的历史事件，每一位英雄伟人，就像是历史长河中的一幅图片，编织着五千年的历史画卷，见证着伟大民族的兴衰历程。

少年是国家的栋梁、民族的希望。在竞争激烈的当代，中国能否成为顶尖的世界强国，全在于少年的努力——"少年强则国强"。而历史是少年最好的老师，它像一面镜子映射出中华民族五千年的兴衰荣辱，我想每一个热爱生活的少年，都应该去了解祖国的历史，了解那些惊心动魄的历史画面和叱咤风云的时代缔造者。少年只有了解了中华民族的发展轨迹，才能从前人身上吸取经验和教训，从而更深刻地认识自己，正视现实，展望未来。

出于上述的目的，我们编纂了这套丛书。针对少年儿童的阅读兴趣，略去了传统中国通史严肃的叙述方式和枯燥的记叙手法，而选取了历朝历代最具特色的人物及历史事件；用生动的语言，以讲故事的叙事方法，将一个个历史事件娓娓道来。让小读者在阅读故事的同时，不知不觉便了解了中国几千年辉煌的历史。另外，为了消除阅读障碍，我们特别给生僻字标注了拼音；为了扩展知识面，我们特别增加了知识链接的小栏目。

读史使人明智，鉴史可知兴衰。到达知识的彼岸，需要我们不懈的努力，"路漫漫其修远兮，吾将上下而求索"，真心地祝愿我们的少年朋友能够在这套丛书中学到知识，增长见识，为中华民族的腾飞贡献自己的力量。

目录

千古第一帝——秦始皇

自公元前 230 年至公元前 221 年，秦王嬴政采取远交近攻、分化离间、连横的策略，先后吞并了齐、楚、燕、韩、赵、魏六国，建立了中国历史上第一个统一的多民族、中央集权的专制主义国家——秦朝。天下初定，秦王嬴政急着想做的第一件事，就是要重新给自己确定一个称号。

虽然以前曾有过"三皇五帝""君""王""帝"这些称号，但嬴政觉得这些称号都不足以显示自己的尊贵，不能流传于后世，就下令左右大臣们议称号。

经过一番商议，丞相王绾、御史大夫冯劫、廷尉李斯等人建议秦王政采用"泰皇"头衔。然而，嬴政对此并不满意。他觉得自己的功绩比古代传说中的三皇五帝还要大，于是就决定将"三皇五帝"的"皇"和"帝"合起来，采用"皇帝"这个称号。因为他是中国第一个皇帝，就自称"始皇帝"。从此以后，"皇帝"就成为中国国家最高统治者的称谓。

秦始皇又规定：自己死后皇位传给子孙时，后继者沿称二世皇帝、三世皇帝，以至万世。秦始皇梦想皇位永远由他一家继承下去，"传之无穷"。同时，为使皇帝的地位神圣化，秦始皇又采取了一系列"尊君"的措施：取消谥（shì）法；天子自称"朕"；皇帝的命令叫作"制"或"诏"；文字中不准提及皇帝的名字，要避讳。

国家统一了，可是怎样有效地管理这么大的一个国家？怎样替子孙万代奠定基业呢？

秦始皇首先想到的是自己应该怎样将权力集中到中央。他吸取了战国时期设置官职的经验，建立了一套相当完整的中央集权制度。

中央设丞相、太尉、御史大夫。丞相有左右二员，掌管政事；太尉掌管军

事;御史大夫辅佐丞相的同时还负责监督各级官员。

丞相、太尉、御史大夫与诸卿议论政务,皇帝作裁决。丞相、太尉、御史大夫以下,是分掌具体政务的诸卿。

在此基础上,秦代还有一些比较重要的官职,比如博士,学识渊博,既负责为皇帝解答疑问,又负责收藏图书。

这套中央集权的政权机构,以后一直被历代王朝效仿。

一天,在朝堂上,丞相王绾等对秦始皇说:"现在刚刚消灭诸侯,人心还不稳定,应该派诸侯去咸阳以外的地方替皇上治理那儿的百姓,请皇上给几位皇子封王并派他们到那里去。"很多大臣都赞同王绾的建议,只有李斯反对。李斯说:"周武王建立周朝的时候,封了不少诸侯。到后来,为了利益就互相残杀,周天子也没有办法禁止。可见分封的办法不好,不如在全国设立郡县。"秦始皇采纳了李斯的建议,废除分封制,在全国改行郡县制。从此,国家的大小政事都由皇帝决定。可见国家的权力是多么集中了。

在秦始皇统一中原之前,各诸侯国向来没有统一的制度。比如说文字,即使是一样的文字,因为存在着区域间的差异也会有好几种写法。这种状况妨碍了各地经济、文化的交流,也影响了中央政府政策法令的有效推行。于是,秦始皇下令李斯等人进行文字的整理、统一工作。从那时候起,全国采用了比较方便的书写体,规定了统一的文字。叫作"书同文"。

有了统一的文字后,各地的文化交流也方便了。但是交通却很混乱。因为在秦始皇统一中原之前,各诸

侯国的车辆不一致，因此道路的宽窄也不一致。现在国家统一了，车辆要在不同的车道上行走，很不方便。于是秦始皇就规定车辆上两个轮子间的距离一律改为六尺，这样车轮的轨道就相同了，车辆就可全国通行了。这叫作"车同轨"。

随着文字的统一、各地交通的畅通，经济也开始发展起来了。但是以前各诸侯国的度量衡制度和货币制度很不一致，这严重地影响了各地之间的贸易往来。于是秦始皇以原来秦国的度量衡为标准单位，废除了原来六国各自的度量衡。从此，经济发展也畅通了。这叫作"度同制"。

正当秦始皇从事国内的改革时，北方的匈奴突然打了进来。为了防御匈奴的侵犯，保护北部边境人民的生命财产的安全，同时为了减轻人民的负担，秦始皇下令把原来燕、赵、秦三国北方的城墙连接起来，又新造了不少城墙，这样给我们留下了一条举世闻名的万里长城。

国内改革、外患解除后，秦始皇把精力转移到统一原诸侯国人民的思想上来了。可是当时的百家争鸣严重影响了统一的进度，并威胁到了秦朝的统治。于是，秦始皇开始销毁除《秦记》以外的所有史书，民间只允许留下关于医药、占卜和种植的书。秦始皇查出在咸阳有一些儒生谈论过他的不是，于是下令将460余名儒生、道士埋了。就是历史上所说的"焚书坑儒"事件。

因为秦始皇第一个统一中国，创立了"皇帝"这一尊号，统一文字和度量衡，修筑宽广的道路，因此后人称他为"千古第一帝"。

丞 相 是 什 么 样 的 官 职

丞相，是封建官僚机构中的最高官职，起源于战国。丞相统领百官，辅佐皇帝治理国政。丞相的具体职权是：向皇帝举荐人才，任用官吏；有权力对地方官进行考核、升降、诛赏；负责管理律令及有关刑狱事务；有权派兵镇压暴乱；也承担一些军事或边防方面的事务；保存全国各种图籍等档案。

张良博浪沙飞锤刺始皇

秦始皇统一中国后，害怕六国留下来的旧贵族随时起来反对他。于是他想方设法避免这样的事发生。他先下令让天下豪富人家一律搬到咸阳住，这样利于管住他们；然后又下令把天下的兵器统统没收，除了给政府军队使用以外，其余都熔化，铸成12个24万斤重的巨大铜人和一批乐器——大钟。他认为这样就没有人能造反了。

秦始皇还常常到各地去巡游。公元218年，秦始皇巡游到了博浪沙这个地方。车队正在缓缓前进的时候，突然，"轰"的一声巨响，一个铁椎砸向秦始皇的巡游车队，还没等秦始皇缓过神儿，一辆车就被砸得稀巴烂。秦始皇吓得魂都没了，赶紧派人去抓刺客，派出去的人查来查去，只查到这件事和一个叫张良的人有关，这个张良是什么人呢？

原来，在秦始皇统一六国前，张良是韩国人，生于宰相之家。虽然他生长在富贵人家，但是却极有志气，而且足智多谋。秦灭韩国后，张良就一心想为韩国报仇，但是他手无缚鸡之力，怎么办呢？他想：只有设法刺死秦王，才能报灭国之仇。张良满怀国仇家恨，兄弟死了也顾不得埋葬，变卖了家产离开了老家，到外面去结交英雄好汉。

一天，在淮阳，张良结识了豪侠仗义的仓海君，并通过仓海君认识了一位大力士。张良见这个大力士力大无比，相貌堂堂，心中便起了敬佩之情。随着两人的交往，张良觉得这个大力士是个英雄，因此就把想刺杀秦王的事告诉了大力士，大力士高兴地答应了。于是张良偷偷地打造了一个重120斤的铁锤交给大力士，自己也随身带好武器，准备见机行事。

果然,秦始皇巡游来到了博浪沙这个地方。得到这一消息后,张良对大力士说:

"博浪沙是一片丘陵地带,山上荆棘丛生,沟壑纵横,人烟稀少,非常荒凉。我们可以先埋伏在道路边,时机一到,一起动手将他灭掉。"

商议后,两人就奔向博浪沙。

到了博浪沙后,张良二人挑选了一处地势起伏、树木丛生的地方隐蔽起来等待秦始皇车队的到来。估计时间快到时,张良整理了一下衣服,面向东面韩国的方向拜了两拜,又对着空中默默地祈祷:"希望父兄保佑我刺杀成功,为我们的国家报仇。"说完又隐蔽起来继续等待。

等了很长时间才看见秦始皇的车队缓缓地驶来。远远看去就像一条乌龙在地上滚动。等车队到了眼前,张良才看到,所有随行的副车都是一样的,只见有三辆八匹马拉的大车,威风十足,可是哪一个才是秦始皇所坐的车呢?

这时,在一旁的大力士忍不住问张良:

"这么多的车,我该砸哪一辆?"

"别着急,一定要看准目标再出手。"

车辆"吱吱"作响,车队就要从眼前过去了,眼看着就要错过这个千载难逢的机会了。

"你看准没有,到底是哪辆车?"

大力士急得差点喊出声来。

来不及细想,张良满腔愤怒一起涌上来,一咬牙,对身旁的大力士说道:

"向中间的那辆车砸!"

大力士早已做好了准备,他运足全身的力气,胳膊和胸部的肌肉隔着衣服一块块隆起,突突地跳动着。他挥动着120斤重的大铁锤,舞了几个圈,突然对准居中的大车掷去,大铁锤带着呼啸之声飞去,发出尖厉的声音,闪电般地

飞过众人，以泰山压顶之势砸向大车！

两旁的护驾武士还没弄清是怎么回事，铁椎便轰然击破大车车顶，砸向车中之人……接着便是一声惨叫。所有人都被惊得手足无措，乱了起来。

张良仔细一看，被砸中的并不是秦始皇，这才发现慌乱之中铁椎砸错了车，不禁懊悔不已，觉得国恨家仇还没报，就应该留着性命，将来再作打算，于是，趁秦兵慌乱时逃走了。

听到巨响后,秦始皇立刻命令车队停下,并派武士去捉拿刺客。就在张良逃走时,大力士却还在看车上死的人究竟是谁,很快就被秦始皇的武士捉到了。

大力士不愧是一个英雄,面对着严刑拷打,始终没有将张良说出来,只是破口大骂:

"秦始皇昏庸无道!他灭了六国,六国的后代哪一个不想杀了他?只是他命大,我没有杀死他。我死了倒没有什么,只是辜负了公子。"

执行刑罚的李斯听了便问:

"哪个公子?"

大力士一听,知道自己说漏了嘴,于是撞死在石柱上。

大力士虽然死了,但是李斯根据他说的话很快就猜到了韩国宰相之子张良,于是报告给了秦始皇。秦始皇大发雷霆,下令全国通缉张良。接到命令的各级官吏无不尽其所能,都在为这件事全力以赴,韩国一带更是人心惶惶。

刺杀没有成功,张良一路逃跑,看到通缉自己的告示后,不敢回到自己的家,便隐姓埋名逃到了彭城。他想:"这一带刚被秦始皇征服,人心还不稳;秦始皇巡察时总是往西走,去与他相反的方向会安全些。"不久,张良又逃到了下邳。后来又拜黄石公为师,勤奋学习兵法。刘邦起义后,他投奔了刘邦,成了刘邦重要的谋臣,为西汉王朝的建立立下了不朽的功勋。

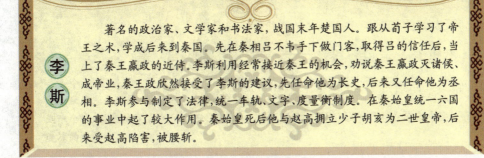

李斯 著名的政治家、文学家和书法家,战国末年楚国人。跟从荀子学习了帝王之术,学成后来到秦国。先在秦相吕不韦手下做门客,取得吕的信任后,当上了秦王嬴政的近侍。李斯利用经常接近秦王的机会,劝说秦王嬴政灭诸侯、成帝业,秦王政欣然接受了李斯的建议,先任命他为长史,后来又任命他为丞相。李斯参与制定了法律,统一车轨、文字、度量衡制度。在秦始皇统一六国的事业中起了较大作用。秦始皇死后他与赵高拥立少子胡亥为二世皇帝,后来受赵高陷害,被腰斩。

孺子可教

扫码查看
- ☑ 中华故事
- ☑ 典故趣闻
- ☑ 能力测评
- ☑ 学习工具

张良在博浪沙用铁椎刺杀秦始皇没有成功,被全国张榜通缉,于是他隐姓埋名逃到下邳(pī)隐匿了起来。

有一天,张良来到下邳附近的桥上散步。刚上桥头,就看见一个老人步履蹒跚地向他走来。走到张良身边时,老人将一只鞋扔下了桥,然后态度傲慢地对张良说:"喂,小子,下去把鞋给我捡上来!"

"为什么看到我就将鞋突然扔下去呢?求人帮忙也不应该用这种命令的口气呀?"张良既纳闷又气愤。

虽然心中不满,但想到老人这么大年纪了,张良马上走到桥下,把鞋捡了上来。看到张良把鞋捡上来了,老人把脚一伸,又命令道:"把鞋给我穿上!"

张良不禁一愣,紧握拳头想教训他一下,但仔细一想,自己毕竟是个读书人,又正在逃亡中,便强压住满腔怒火,小心翼翼地帮老人穿好鞋。穿好鞋后,老人不但没说一个谢字,反面仰天大笑而去。

不想老人走了一段路后,转身又回到桥上,冲着张良直点头:"孺子可教啊!五天以后,你来这里见我。"

张良见老人有些古怪，便觉得不是普通人，希望能从老人那里学到一些本领，于是连忙答应了。

转眼间四天便过去了，第五天天刚亮，张良便穿好衣服向桥头跑去。离桥头很远的地方，张良就看见老人立在桥头。老人看见张良来了，很生气。

"你和我约好了，怎么能比我后到呢？五天后再来这里见我吧。"

说完老人就走了，张良也只好回去了。

又过了五天，张良比上次更早一些向桥头跑去。结果老人又比他早到了。老人又责备了张良一番，然后告诉他五天后还在这里相见。

转眼又过了五天，这次张良刚过半夜就摸黑来到桥上等候。天蒙蒙亮时，他看到老人一步一挪地走上桥来，赶忙跑上前搀扶老人。

"年轻人，你这样才对！"说着，老人从袖子中拿出一部书交给张良。

"回去后你要刻苦攻读这部书，读好之后就可以做帝王的老师了。十年以后天下大乱，你可用此书兴邦立国；十三年后你再来济北谷城山下见我。"

张良还来不及询问老人的姓名，老人便飘然而去。

天亮以后，张良打开那部书一看，原来是失传已久的《太公兵法》。从此，张良日夜研习兵书，终于成为一个精通兵法、文武兼备、足智多谋的人。后来，张良聚众投到刘邦旗下，成为他的重要谋士。

教诲张良的老人

这个故事中的老人叫黄石公。据传黄石公是秦始皇父亲庄襄王的重臣，姓魏名辙，秦始皇当政时，独断专行，推行暴政，听不进老臣们的逆耳忠言，魏辙便离开朝廷归隐。秦始皇左思右想后带亲信人马追上魏辙后好言挽留，但魏辙终没有回去。后来，魏辙隐居在下邳西北黄山北麓的黄华洞中，人们因为不知道他的真实姓名，就称他为黄石公。

胡亥沙丘篡位

公元前 210 年，秦始皇出游会稽，后又沿海北上到琅邪，随从的有丞相李斯、赵高，还有他的小儿子胡亥。这个赵高本是秦国某位国君之后，因为其父亲犯罪被施腐刑而成为宦官，赵高弟兄数人世世卑贱。由于受到官场尔虞我诈的熏陶，他希望有朝一日自己能出人头地，成为一个权倾四野的太监。秦始皇听说赵高身强力大，又精通法律，便提拔他为中车府令，掌管皇帝的车马，还让他教自己的少子胡亥判案断狱。为了实现心中的理想，他察言观色，见机行事，阳奉阴违，逐步得到秦始皇的信任。有一次，赵高犯下重罪，蒙毅要按律处他死刑，秦始皇却赦免了他并复其原职。再说这个胡亥，虽然生在帝王之家，却没有什么帝王儿子的风范，在秦始皇的儿子中是出名的纨绔子弟。他整天沉浸在声色犬马之中，善于迎合父亲，处事谨慎，因此最受秦始皇宠爱。此次出行，秦始皇选了他最信任的人陪同。

秦始皇在离开会稽郡吴中时就感觉身体不舒服，到了平原津就病倒了。随从的医官无论怎样给他医治都不见效。到了沙丘的时候，秦始皇的病情越来越重。他知道自己好不了，就命令李斯和赵高给公子扶苏写诏书："把军队交给蒙恬，赶快回咸阳。万一我好不了，让他主办丧事。"

李斯和赵高写好信，给秦始皇看过后正商量着派谁去的时候，秦始皇就已经死了。

因为皇帝在外地驾崩，当时又没有正式确立太子，于是老成持重的丞相李斯和赵高商量说：

"沙丘离咸阳还很远，一两天内也赶不到。要是将皇上去世的消息传出去,恐怕京城内外会大乱;我们还是将此事暂时保密,回到咸阳后再商量。"

他们把秦始皇的尸体放在车子里。每日照常按时送水饭,并让一个太监坐在车子里,答复大臣们的奏报。

李斯让赵高把信送出去,请大公子扶苏赶回咸阳。赵高却将秦始皇给扶苏的信悄悄地藏了起来。

一天傍晚,车队停下住宿。赵高觉得时机已到,便带着扣压的遗诏来见胡亥,劝他取而代之。

"当今大权全掌握在你我和丞相手中,希望公子早作打算。"

胡亥虽然也梦想有朝一日能够登上皇帝的宝座,只是碍于忠孝仁义,又怕驾驭不了局势而不敢轻举妄动。现在听赵高一番贴心之语,不禁蠢蠢欲动起来,但他还有些犹豫。

赵高早已摸透了他的心思,胸有成竹地说:

"你父王已经死了,其他公子及蒙氏兄弟也不在身边,大权掌握在你我和丞相手中,你要利用好这次机会,否则,日后就会受人统治。你难道不明白统治、制服别人与受别人统治是不能同日而语的道理吗？公子不必再瞻前顾后，机不可失，时不再来。这事没有丞相的支持不行，臣愿替公子去与丞相谋划。"

在赵高的蛊惑下，胡亥答应了。

要办成篡位这件事没有丞相李斯是不行的，于是赵高又找到李斯："现在皇上的遗诏和玉玺都在胡亥手里，要决定哪个接替皇位，全凭我们两人一句话。您看怎么办？"

"您怎么说出这种大逆不道的话来？这可不是我们做臣子该议论的事啊！"李斯吃惊地说。

赵高见李斯这样的态度，便对他威胁道：

"李丞相，您好好想一下，在朝中，您的功劳、威望、计谋能和蒙恬相比吗？扶苏对蒙恬的信任您能比吗？假如让扶苏即位，您的丞相职位肯定不保，朝廷上还会有您的立足之地吗？也许到时还会落得个身首异处的下场呢！公子胡亥心眼好，待人厚道。要是他做了皇帝，你我就一辈子受用不尽。您好好儿考虑考虑吧。"

经过赵高连哄带吓地说了一通，李斯也担心扶苏继承皇位以后自己保不住丞相位置，就伙同赵高、胡亥伪造遗嘱，立胡亥为太子。另外又写了一封信给扶苏，诬蔑他对不能回京城做太子耿耿于怀，怨恨不已；蒙恬戍边十几年，不但没立战功，相反还屡次上书肆意非议朝政，因此都该自杀。当时他们就派心腹把信送去，还叫他们的心腹逼着公子扶苏和蒙恬二人自杀了事。

扶苏接到这封假诏书，没有任何怀疑便哭着要自杀。蒙恬看过诏书后怀疑这封诏书是假的，便劝扶苏向秦始皇申诉。扶苏是个老实人，说：

"既然父皇要我死，哪里还能再申诉？"说完，他就自杀了。

赵高和李斯虽然急急忙忙催着人马赶路。但当时正是夏末秋初，天气还很炎热，所以没过多少日子，秦始皇的尸体就腐烂了。于是赵高派人去买了一大批咸鱼，叫大臣们在每辆车上都放一筐。车队周围的咸鱼气味就把秦始皇尸体的臭味掩盖过去了。

到了咸阳，得知公子扶苏和蒙恬已经死后，他们才宣布秦始皇死去的消息，举行丧葬后，又假传秦始皇的遗诏，立胡亥为二世皇帝。

胡亥登位后，赵高做贼心虚，害怕篡夺皇位的事泄露出来，于是唆使胡亥杀害了自己的 12 个哥哥和 10 个姐妹，又杀害了不计其数的大臣。对于李斯这个原来的盟友，赵高也没有放过，编了各种罪名进行诬陷，并借胡亥之手除掉了这个对手。过了一年，赵高自己当了丞相，独掌大权。

扶苏 扶苏，秦始皇长子。年少时的扶苏机智聪颖，天生一副悲天悯人的心肠。秦始皇统一全国后，扶苏曾多次议政，对于治国、安定天下颇有见地。对于秦始皇焚书坑儒，扶苏多次上书进谏，劝阻秦始皇。秦始皇却偏执地认为这是扶苏性格软弱所致，于是下旨令扶苏协助大将军蒙恬修筑万里长城，抵御北方的匈奴，希望借此培养他刚毅果敢的性格。

战神蒙恬

秦始皇在沙丘病死后，赵高与丞相李斯、公子胡亥暗中谋划政变，将胡亥拥上皇位。以前，蒙恬曾依法惩处过赵高，赵高为此心存怨恨，便派使者捏造罪名赐公子扶苏、蒙恬死。那么这个蒙恬究竟是什么人呢？

蒙恬，祖先是齐国人。他的祖父蒙骜从齐国来到秦国侍奉秦昭王，官至上卿。他的父亲蒙武为秦国攻城略地，出生入死，为秦国疆土的开拓，为始皇统一中国，立下了汗马功劳。到了蒙恬这一代更是青出于蓝而胜于蓝。蒙恬曾学狱法，当过狱官，并负责掌管有关文件和狱讼档案。蒙恬还有一个弟弟叫蒙毅，后来官至上卿，是秦始皇的得力助手，成为了秦朝的重臣。

公元前 221 年，出身将门的蒙恬做了秦国的将军，因为率大军攻破了齐都，实现了秦始皇梦寐以求的全国统一，秦始皇便授予他内史的官职。正当咸阳城里欢庆胜利的时候，秦国北部边境传来匈奴大举南侵的消息。

公元前 215 年，秦始皇派蒙恬率 30 万大军出征匈奴。来到边关扎下大营后，蒙恬亲自勘测地形，做到了知己知彼，并率军勇猛冲杀，首次出兵便杀得匈奴人仰马翻、溃不成军。

公元前 214 年的春天，双方之间又爆发了最具决定性影响的战役。蒙恬跟匈奴人在黄河以北进行了殊死搏杀，结果匈奴军大败而退。蒙恬随后率军追击，一直将匈奴的残兵败将追至千里之外。经过这次的搏杀，蒙恬收复河南，还在榆中至阴山一带，设了 34 个县，并把中原的人迁到那里，让他们在边关安家落户。

蒙恬勇敢作战、出奇制胜、击败匈奴的大战，创下了他一生征战中的最辉

煌的战绩，人们称赞他是"中华第一勇士"。

　　匈奴军队被彻底打败后，蒙恬带兵继续坚守边陲。蒙恬观察到，匈奴人逐草而居，他们战时作战，闲时放牧。如果秦军贸然出兵，匈奴人会躲避秦军，而去别处抢掠，也可能绕到秦军背后攻击秦军。匈奴人这样边躲藏边进攻的作战方式，很容易把秦军拖垮。于是蒙恬根据"用险制塞"以城墙来遏制骑兵的战术，建议秦始皇修建长城。为了修建长城，蒙恬调动了几十万军民筑长城。

他们先把战国时秦、赵、燕三国北边的防护城墙连接起来,然后又重新加以整修和加固。最后建起了西起临洮、东达辽东的万里长城。有了长城,不仅避免了匈奴骑兵的侵袭,而且使匈奴大军南下的计划受到了遏制。同时,蒙恬沿黄河河套一带划分了44个县,统一由九原郡管辖,建立了一套治理边防的行政机构。

公元前213至公元前212年,秦始皇为了巩固其政治统治,施行严酷的焚书坑儒措施。对于秦始皇的这一举措,他的长子扶苏竭力阻止,因此秦始皇把他贬到边关,让他监督蒙恬守卫边疆。对于来到边关感到苦闷的扶苏,蒙恬劝他说,既来之则安之,守边也很重要。扶苏感到蒙恬待他诚恳热心,便安下心来协助蒙恬训练军队。从此,扶苏和蒙恬就结下了不解之缘。

为了发展兆河、榆中一带的经济,加强军事后备力量,蒙恬又于公元前211年,将三万多名罪犯发配到那里开荒。这些措施对于加强边防的建设,起到了积极的作用。

另外,蒙恬又调派军队修筑了一条从秦国都城咸阳到九原的宽阔笔直的大道,改善了这一带交通闭塞的状况。这些措施不仅加强了北方各族人民经济、文化的交流和融合,更重要的是对于调动军队、运送粮草器械等物资等具有重要意义。

公元前210年,蒙恬因被赵高陷害,被迫吞药自杀。

蒙
毅

蒙毅,蒙恬的弟弟,后来官至上卿,是秦始皇的得力助手,成为了秦朝的重臣。蒙恬在外担当军事重任;蒙毅在内为始皇出谋划策,被誉为"忠信大臣"。蒙毅法治严明,从不偏袒权贵,满朝文武无人敢与争锋。某日,内侍赵高犯有大罪,蒙毅依法判其死罪,却被秦始皇给赦免了。从那时起,蒙氏兄弟便成了赵高的心病。胡亥和赵高将蒙恬逼死后,胡亥登上了皇位,赵高又在胡亥面前诬陷蒙毅,蒙毅被关进了大牢,因禁不住严刑拷打死在了狱中。

指鹿为马

　　胡亥沙丘篡位当上皇帝之后，作为拥戴秦二世上台的头号功臣赵高，理所当然受到了胡亥的宠信，被任命为中书令，跻身公卿之列。为了独自控制秦二世，赵高想方设法阻止秦二世接触其他朝臣，还对秦二世说："皇帝的尊贵之处，就在于有威仪，让人们没有办法看见您的龙颜、听到您的声音。因此您就应该只在宫中理政，凡事由下臣负责就好了。"本来就贪图享乐的秦二世听了赵高的话后，便将朝政大权交给了赵高，自己则深居宫内，更加贪享酒色，不问政事，使得朝廷统治腐败，陈胜、吴广起义随之爆发。可秦二世在赵高的蒙蔽下对这可怕的局势一无所知，继续过着花天酒地的生活。有了实权后，赵高更加有恃无恐地迫害忠良贤臣，以安插他的心腹。没多久，他将丞相李斯诬陷致死，并斩杀他的三族。而他则顺理成章地当上了丞相。

　　面对秦王朝岌岌可危的局面，掌权的丞相赵高不仅不思考挽救局面的计策，反而想乘机杀掉秦二世自己取而代之，体验一下当皇帝的荣耀。可朝中大臣有多少人能听他摆布，有多少人反对他，他并不清楚，所以迟迟不敢动手。于是，他想了一个办法，既能试一试自己的威信，又可以摸清哪些人敢反对他。

　　一天，在文臣武将上朝时，赵高手里赫然牵着一头鹿上朝了。

　　看见一头鹿出现在朝堂上，秦二世不明白是怎么回事，大臣们也交头接耳地小声议论着。秦二世问赵高：

　　"丞相，你牵着一头鹿来上朝做什么呀？"

　　赵高严肃地看了看秦二世，然后一本正经地说：

　　"陛下，这是臣新近得到的一匹宝马，特地带来进献给陛下赏玩。"

　　秦二世虽然糊涂,但是鹿是马还是分得清,听了赵高的话后大嘴一咧,哈哈大笑起来。

　　"丞相,这明明就是一头鹿嘛,你怎么说它是马呢?"

　　"陛下,您可看清楚了,这的的确确是一匹宝马。"

　　赵高面不改色心不慌地说。

　　"可是马的头上怎么会长角呢?"

　　秦二世又仔细看了看那头鹿,半信半疑地说。

　　赵高一看时机到了,转过身,板起脸,用手指着下面的大臣,高声问道:

"陛下如果不信我的话，可以问问众位大臣。你们说，这到底是鹿还是马？"说完，两只眼珠骨碌碌地转，轮流盯着众大臣。

大臣们都被赵高的话弄得不知所措，私下里嘀咕：这个赵高又在搞什么名堂？这明明就是一头鹿呀，为什么偏要说成是马呢？当看到赵高阴沉着的脸，两只眼睛骨碌碌地盯着每个人看的时候，大臣们忽然明白了他的用意。

于是大臣们纷纷上前围着那头鹿转来转去，他们有的摸鹿的毛以区别是鹿是马，有的抓住鹿的尾巴分析，还有的用鼻子闻以求作出正确的判断。看完后大臣们又互相讨论了一番，最后那些胆小又有正义感的大臣都低下头，不敢说话，因为说是马，对不起自己的良心，说是鹿又怕日后被赵高报复；那些正直的大臣，仍然坚持说是鹿而不是马；而那些平时就想巴结赵高的大臣则立刻附和赵高的说法，对皇上说：

"陛下，这的确是一匹宝马！"

秦二世听大部分大臣都说是马而不是鹿时，以为是自己眼花了。再看时他也认为那就是一匹马而不是鹿了。认为赵高送给自己一匹好马供赏玩，于是心花怒放，也就更加信任赵高，继续过着荒淫无度、不理政事的生活了。

事后，那些说是马的大臣都得到了赵高的赏赐，而那些坚持说是鹿的大臣都被赵高以各种理由杀害了。

赵 高 的 下 场

赵高在指鹿为马一事后，暗中与刘邦的反秦义军联系，希望乘乱夺位。章邯的倒戈使秦二世终于醒悟赵高说的天下太平都是谎言，于是言谈中流露出对他的怀疑和不满。发现秦二世怀疑自己后，赵高便趁机派人杀了秦二世，立赵子婴为帝。子婴知道自己不过是一个傀儡，不愿重蹈秦二世的覆辙，便与属下商定计划，准备斩杀赵高。在子婴正式即位那天，子婴让事先埋伏好的刀斧手将赵高砍死。

陈胜、吴广起义

秦始皇自从统一中原后，他便不顾百姓死活，穷奢极欲，滥用民力，大兴土木，修建阿房宫、长城，百姓苦不堪言。到了秦二世统治时，比秦始皇还苛刻残暴，而且不断地征发民众服徭役，耗费了无数人力财力，逼得百姓怨声载道。

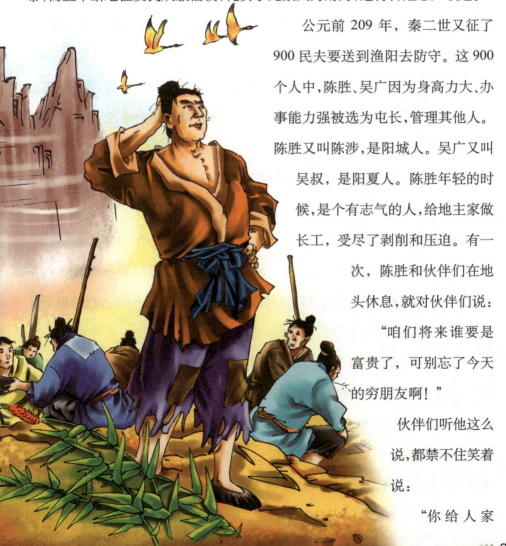

公元前 209 年，秦二世又征了900 民夫要送到渔阳去防守。这 900个人中，陈胜、吴广因为身高力大、办事能力强被选为屯长，管理其他人。陈胜又叫陈涉，是阳城人。吴广又叫吴叔，是阳夏人。陈胜年轻的时候，是个有志气的人，给地主家做长工，受尽了剥削和压迫。有一次，陈胜和伙伴们在地头休息，就对伙伴们说："咱们将来谁要是富贵了，可别忘了今天的穷朋友啊！"

伙伴们听他这么说，都禁不住笑着说：

"你给人家

做长工,怎么能富贵呢!

"唉,躲在屋檐下的燕子和小麻雀,怎么会知道鸿雁和天鹅的远大志向呢?"陈胜叹了一口气说。

陈胜和吴广本来不认识,后来当了民夫,被选为屯长后,经常在一起,他们俩感同身受,很快就成了朋友。陈胜、吴广和其他民夫由两名身佩利剑的恶狠狠的军官押送,没日没夜地拼命往渔阳的方向赶路,生怕误了规定的日期。

那时正是夏季,雨水比较多。当他们走到大泽乡时,正好遇上了大雨,大雨一连下了几天,没有办法赶路,他们只好扎了营,停留下来,准备天一放晴就上路。

秦朝的法令很严酷,被征发的民夫必须在规定的日期内到达,否则就要被处死。陈胜、吴广计算了一下,无论如何也不能按期到达渔阳,已经犯下了杀头之罪。于是陈胜和吴广商量:

"现在咱们因为大雨已经耽误行期了,怎么办呢?"

吴广想了一会儿说:

"要不然咱们逃跑吧。"

"逃跑也一定会被抓回来,那时一定会死;不逃跑也要被杀头;咱们不如举旗造反,夺不到天下,顶多就是死。与其等死,不如为争夺天下而死!男子汉大丈夫,死也要死得轰轰烈烈!"

"可是,仅凭咱们两个人怎么造反呀?"

"天下的老百姓已经被秦朝的残酷统治折磨够了。这个胡亥是秦始皇的小儿子,本不该由他做皇帝,而是他的哥哥公子扶苏。因为扶苏顶撞了秦始皇,所以被派到蒙恬那里去带兵守长城。还有大将项燕,他是楚国人,曾经立下了不少汗马功劳,又很爱护士兵。有人说他已经死了,有人说他在楚国灭亡的时候逃走了,咱们楚国人都很怀念他。现在咱们要是假借公子扶苏和楚将项燕的名义,揭竿而起,反对残暴的秦二世,肯定会有许多人起来响应的。"

吴广认为陈胜说得很有道理,两个人商量了一阵子。为了让大伙儿相信他们,他们决定利用当时人,大多迷信鬼神的思想,想一些装神弄鬼的办法来取得群众对他们的信任。

他们暗暗用朱砂在一块白绸上写了"陈胜王"三个字,把它塞在一条人家网起来的鱼肚子里。伙夫上街买鱼回来,剖开鱼,发现了这块绸子上面的字,十分惊奇。大伙儿一下子就传开了,都认为陈胜是个真命天子,这是老天爷的旨意。

到了晚上,吴广又悄悄溜到附近的荒庙中去,燃起篝火,并学着狐狸的声音叫道:"大楚兴,陈胜王。"大伙儿又害怕又奇怪。

第二天清晨,大伙儿看到陈胜,都在背后指指点点地议论着这些奇怪的事;再看陈胜的相貌,真是不凡呀。于是,大伙儿就更加相信陈胜是真命天子了。

取得大伙儿 的信任后,陈胜、吴广又定好了杀死两个军官的计策。一天,他们趁着两个军官喝醉了酒就跑去要求他们放民夫们回家。两个军官一听大怒,拔剑就要杀他们,吴广夺过剑来顺手砍倒了一个军官。陈胜也冲上去,把另一个军官杀了。

杀了两个军官后，陈胜、吴广把大伙召集起来说：

"兄弟们！这几天持续下大雨，咱们的行期已经被耽误了，是不能如期赶到渔阳了。按照法律，咱们是要被杀头的。就算咱们有幸逃过一死，可是防守边疆的人，到头来十有八九都是要死的。男子汉大丈夫不能白白去送死，死也要有个名堂。那些骑在咱们脖子上的王侯将相，难道生来就尊贵吗！"

"对呀，我们听您的！"

见大伙积极响应，陈胜、吴广决定马上起义。他们派一部分人上山砍伐树木、竹竿作为武器；又派一部分人筑起祭坛，坛上竖立一面大旗，上面写着"大楚"二字。旗前摆着那两个军官的两颗头，作为祭神的东西。在祭坛前，大家袒露右臂，发誓要同心协力，推翻秦朝。众人推举陈胜、吴广为首领。900 人一下子就把大泽乡占领了。附近劳苦的百姓扛着锄头、铁耙、扁担，纷纷赶来加入起义军，起义军一下就壮大了好多倍。

陈胜、吴广带着起义军从大泽乡出发，攻下了蕲县及周边各县，攻占陈县后，陈胜召集陈县父老商量。大家说："您替天下百姓报仇，征伐暴秦。这样大的功劳，应该称王。"

于是陈胜被拥戴为王，国号"张楚"。这是我国历史上第一个由农民建立起来的政权。

第 一 次 农 民 起 义 的 结 局

陈胜、吴广起义后，节节胜利，但因为战线长，号令不统一，有的地方被六国旧贵族占了去。起义不到三个月，赵、齐、燕、魏等地都有人打着恢复六国的旗号，自立为王。后来起义军攻打关中时，原来的六国贵族各自占据自己的地盘，谁也不去支援起义军。起义军终因孤立无援而失败。吴广被部下杀死。陈胜在逃跑的路上被他的车夫杀害。

陈胜、吴广发动农民起义以后，各地的百姓纷纷杀了官吏，响应起义。没有多久，农民起义的风暴席卷了大半个中国。

公元前208年冬天，陈胜派遣的周章等将领率领几十万军队到达了戏水。秦二世胡亥大为震惊，忙和群臣商量该怎么办。这时章邯说："现在盗贼已经到了这里，而且兵众势强，朝廷现在要调军队也已经来不及了。骊山犯人很多，希望陛下能赦免他们，并给他们发放兵器，让他们出击盗贼。"秦二世听了觉得很有道理，便大赦天下，派章邯为将领，受命率骊山70万犯人及奴隶，迎击周章。

章邯在公元前209年任秦少府，此时，秦二世胡亥东巡郡县，听信奸臣赵高的谗言，大开杀戒。诸公子大臣，凡有小过，全部下狱，严刑审讯，使许多人屈打成招。于是，满朝震惊，恐惧不安，凡进谏的都被认为是诽谤朝廷。从此大臣谄媚讨好，百姓惊恐。在这种情况下，章邯主动要求去骊山监修皇陵，以避其祸。

临危受命的章邯不负使命，初战告捷，不仅打垮了周章的军队，而且击破曹阳，使周章再次败走次渑池。十多天后，章邯又大破次渑池，周章被迫自杀。至此，周章的军队被彻底打败，章邯又率队向荥阳进发。

得知章邯正在向荥阳进发，荥阳将军田臧派李归等留下来继续包围荥阳，自己则带精兵往西迎战秦军。章邯得知荥阳围军的主帅换为李归后，立刻亲率先锋兵团迅速南下。在行至敖仓时与田臧军遭遇。在田臧军没有布好阵势时，章邯便发动猛攻。结果打得田臧措手不及，大本营被端了，田臧本人也被人杀死在营帐内。群龙无首的田臧军立刻溃不成军。

章邯率领军队乘胜向荥阳城外的一小股敌军展开攻击。李归等仓皇应

战，不一会儿便被击溃。李归及部将全部战死。

接着章邯又连续击败邓说、伍徐，逼迫陈胜逃至城父。在城父闭门死守。在章邯围城的强大攻势下，庄贾杀死陈胜，开城降秦。

章邯率军屡战屡胜，使秦朝廷得以苟延残喘。章邯率军挥师北上，打算消灭魏国。经过激烈的战斗，魏军彻底溃败，魏王魏咎自焚而亡。灭亡魏国后，章邯继续发兵攻打齐国。此时，齐王田儋已死，由他的弟弟田荣继位。

田荣的军队哪里是章邯大军的对手，最终在东阿被章邯大军追上。

得知田荣被章邯大军包围后，项梁迅速率军赶至东阿救援，结果大败章邯大军。对于撤往濮阳的章邯大军，项梁紧追不舍，追到濮阳后，再次击败章邯大军。章邯命一部分军队撤入城阳，自己则率一部分军队撤入濮阳。

撤入濮阳后，章邯筑护城壕，引黄河水，准备坚守此城，寻机再战。

公元前207年冬天，赵高蛊惑秦二世责问章邯屡败的原因。章邯担心自己被赵高诬陷，于是派长史司马欣秘密前往朝廷面见赵高。司马欣到了咸阳，赵高拒不接见。司马欣明白赵高已经对主帅章邯有意见了，急忙赶回军中。他怕赵高派人追杀他，便没敢走原路。赵高果然派人追赶他，但没有追上。

司马欣回到军中后，对章邯说："赵高专权，下面的人无法成事。如果我们总打胜仗，赵高必定嫉妒，而仗打不赢，又免不了被处死。希望将军好好考虑。"

正在此时，陈余也送给章邯一封信说："白起是秦国名将，为秦国攻城略地，不可胜数，最后竟然被赐死。蒙恬抗击匈奴，开辟疆域，最终也被逼死。为什么呢？因为他们功劳太多，朝廷不愿按功行赏，因此编织罪名害死他们。现在起义军同时并起，越来越多。赵高一向阴险，眼下形势危急，也怕二世杀他，为了推脱责任，一定会以将军之命来向陛下请功，来摆脱祸患。再说，将军常年在外带兵，朝中的大臣都与你有隔阂，你就是有功也要被杀，无功也要被杀。现在秦朝气数已尽，没有人能够挽救。如今朝廷怀疑将军，您在朝外处境险恶，真是可悲呀！将军为何不与各路诸侯联合，签订和约，共同攻秦，割地为王呢？是反秦为王还是被害而死，将军要慎重选择呀！"章邯看后，觉得陈余说得非常正确，便决定倒戈。

章邯派人去见项羽，打算订立和约。项羽召各路将领会合，说："军中粮草日渐短缺，因此想和章邯签订和约。"各路将领都同意。于是，项羽就与章邯在桓水南岸殷墟相见，筑坛为盟，签订协定。章邯见到项羽时，一面大哭，一面向项羽诉说被赵高逼 w 迫的无奈。项羽就立章邯为雍王，将他安置在楚军营中，以长史司马欣为上将军，让他继续统率秦军旧部。

公元前 206 年 8 月，汉王刘邦用韩信的计策，从古道回军，袭击雍王章邯。章邯在陈仓迎击汉军，兵败退守废丘。汉王刘邦随即平定了雍地，向东到达咸阳，率军将章邯围困在废丘城。

公元前 205 年 6 月，因废丘城久攻不下，韩信献计水淹城池，城破之后章邯拔剑自刎。

陈余 陈余，魏地名士。大泽乡起义，陈余与好朋友张耳一同前去拜见陈胜，建议用奇兵攻占赵地。于是陈胜派武臣为将军，以陈、张为校尉，率领 3000 兵士前去攻赵。武臣很快就攻占了邯郸，于是陈余与张耳拥立武臣为赵王，并封自己为大将军，张耳为右丞相。章邯将张耳与赵王围在巨鹿后，张耳好几次派使者请陈余出兵，但陈余因兵少而不敢进。巨鹿解围后，陈余和张耳关系恶化。后来张耳投汉。公元前 204 年，刘邦派韩信、张耳伐赵，陈余被斩。

刘邦斩白蛇

陈胜、吴广起义轰轰烈烈地开展起来后，农民起义的影响很快传遍了秦朝的各个地区。起义军不断取得胜利，建立政权，使得秦朝的统治日益瓦解。这时，沛县的刘邦也举起了反秦的旗帜。

刘邦是沛郡丰邑人，在家里排行第三，因此又称"刘季"。他原来是个农民，后来花钱买了个泗水亭长的官。当上了亭长之后，刘邦一点儿没有收敛自己的坏习气，照样大吃大喝，贪恋酒色，在市井之中混迹。有一次刘邦送民夫入咸阳见到秦始皇出行的仪仗队时，心里生出一种对帝王生活的羡慕之情，便感慨地说"大丈夫就应该如此"。于是刘邦利用亭长的身份广交当地权贵和江湖豪杰，来扩大自己的影响，并积聚力量，等待发迹的时机。

有一个吕公，因为与沛县县令关系十分好，在家乡与人结仇后便来到沛县居住。吕公刚刚到沛县的时候，县里的官员、豪绅听说县令家来了贵客，便都凑钱为其摆酒席，刘邦也去了。这次酒宴，主持接待的县吏是萧何。按照规定，凑钱不满一千的人只能在堂下喝酒；凑钱超过一千的人才能到堂上喝酒。刘邦来到以后，虽然分文未带，但仍高声说道："泗水亭长刘季献钱一万！"说完就直接来到了堂上，吕公一听"泗水亭长刘季献钱一万"时，大为惊讶，赶快起身相迎。吕公一见到刘邦，就觉得此人气度非凡，因此非常喜欢。一番交谈后，吕公更是觉得刘邦的前途不可估量，于是决定把女儿嫁给他。刘邦一听，非常高兴，马上答应了下来。

可是吕公的女儿吕雉知道后非常生气，她对父亲说："您平常总是说我这个女儿不寻常，应该嫁给贵人。就是沛县县令都没有资格娶我。"接着就埋怨父亲将她嫁给一个没钱没势、只会吹牛的人。但吕公心意已决，吕媪也没有办法。

公元前212年，泗水亭长刘邦奉命押送一批壮丁从沛县前往骊山为秦始皇修筑陵墓。因为当时是夏季，阴雨天较多，行程很慢。到芒砀山时，又遇上连雨天，行程就被耽搁了。于是 刘邦便和民工中的小头目聚在一起喝酒。按照秦朝的法律，服劳役误了工期要杀头。一些劳工因为怕误期被杀头，在芒砀山便悄悄地逃跑了。没有逃跑的劳工，有的骂苍天，有的骂朝廷，有的怨恨刘邦。刘邦暗自想，劳工都逃跑了，即使到了骊山自己也会被处死。反正是死，还不如干脆成全大家。于是，走到丰西泽时刘邦让所有人都停了下来，独自一人喝得大醉，夜里就把剩下的所有劳工都放了，并且对他们说：

"你们都走吧，我也要开始逃亡的生活了。"

顿时数百劳工各自逃亡只有十多个壮士由于感激和敬佩刘邦，坚决要求

追随他，与他一起逃亡，刘邦就接受了他们。

随后刘邦带领着那十多个壮士沿着一条蜿蜒的小道逃走，突然听得一声惊叫，随后一个人慌慌张张地从前面跑来向刘邦报告：

"亭长，前面有条大蛇横在路边挡住去路，咱们绕道而行吧！"

"咱们这么多人在一起，还怕什么呢？"刘邦借着酒劲儿说。

他跟着那个人跑到队伍前面。只见前方十几米远的山道上，果然有一条几米长的巨大的白色蟒蛇横卧在路中央。那蛇高抬着头，张开血盆大口，口里的芯子咝咝直响，两只眼睛放射着绿莹莹的光芒。一见这蛇，所有人都打了一个寒战。刘邦刚看见时，心里也很害怕，但他很快就平静了下来，拔出腰间的剑，一步一步地向蛇走去。蛇见刘邦走了过来便扑了过来，刘邦一闪身，躲过了蛇头的进攻，同时转手将剑刺向蛇头，但却没有刺中。刘邦急忙转过身站稳脚跟后高举宝剑，等待着蛇的再次进攻。就在刘邦刚稳定住情绪后那蛇便又发起进攻，妄图把刘邦一口吞下肚去。当蛇头再次扑向刘邦时，刘邦将身子一闪，宝剑一挥，只听"嗖"的一声，蛇头便落了地。

虽然没有了头但蛇身仍在乱蹦乱跳，头断处血如泉涌。霎时间，蛇血染红了好大一片土地。

那十多个壮士看到这情景都更佩服刘邦了。刘邦则收好宝剑带领大家继续前行。走了几里地，刘邦醉得倒下睡着了。等后面的人来到刘邦斩蛇的地方，看见有一个老婆婆在那里哭泣，便问她哭什么。

"有人杀了我的儿子，所以我在这里为我死了的儿子哭。"

"你儿子为什么被人杀了?"

"我的儿子是白帝的儿子，他化成一条大蛇挡在道上，结果被赤帝的儿子杀了，所以我哭。"

那些人都以为这个婆婆说谎，刚想问她，没想到老婆婆忽然不见了。当这几个人来到刘邦睡觉的地方时，刘邦已经酒醒。这几个人便把刚才碰到的情况告诉了刘邦，刘邦听后觉得很高兴，心里也很自豪，跟随他的人越来越敬畏他。

此后，刘邦带着这十多个壮士逃到芒砀山区藏了起来。刘邦斩白蛇这事传开后，刘邦家乡一带的很多人都纷纷前来投奔他。不多久，刘邦周围便聚集了数百人。

公元前 209 年，陈胜、吴广在大泽乡起义后，刘邦也带领手下的人竖起义旗，正式公开起义反秦。

刘 邦 真 的 斩 过 蛇 吗

对于"刘邦斩白蛇"这个故事，还有一种说法是刘邦的朋友萧何和几个人一起演的一出戏，目的是为刘邦树立威信，使各地归顺他的人越来越多，势力越来越大，为统一天下作准备。无论是哪种说法，这种"造神"的行为，在当时很容易被百姓接受，并且也容易在民间流传。陈胜、吴广起义时也用了这一套。

巨鹿之战

　　大泽乡起义后，各地纷纷起兵响应。项梁、项羽就是众多起义军中的一支。大泽乡起义的第二年，项梁率领八千"子弟兵"渡过长江、淮河，向中原进军，以配合陈胜的起义军。途中，英布、吕臣、刘邦等纷纷都率部前来会合，这支起义军发展到十余万人。不久，项梁就听说陈胜、吴广牺牲的消息，便召集各路义军商议，并接受谋士范增的建议，立楚怀王之孙为王，仍称楚怀王，建立了秦末第二个农民政权。接着项梁率领起义军多次击败秦朝大将章邯的军队。

　　公元前207年，章邯破项梁军后，认为楚地农民军主力已被消灭，于是就率兵渡河北上，移兵邯郸，攻打赵国，并大败赵军，赵王歇被迫退守巨鹿。随后秦朝又派王离率几十万大军包围巨鹿，章邯则率兵在巨鹿以南路修道，以供王离军队运送粮草。

　　被困在巨鹿的赵王歇粮少兵单，危在旦夕，几次派人向楚怀王求救。得知这一消息后，急于为叔父报仇的项羽要求带兵进关。楚怀王听从了身边几个老臣的建议，派宋义为上将军，项羽为副将，带领20万大军到巨鹿去救赵国；另以刘邦为主帅，带兵进攻关中，并许诺谁先攻下关中，就封谁为关中王。

　　宋义带领的大军到了安阳后被秦军的气焰所吓倒，就按兵不动，滞留达46天。项羽一心想为叔父报仇便急着对宋义说：

　　"现在形势紧急，咱们要赶快渡河，跟赵军内外夹击，一定能够打败秦军。

　　宋义不听，还反过来讥笑项羽有勇无谋，并下了一道命令：

"将士中如有不服从指挥的,就按军法砍头!"

于是项羽便密谋发动兵变。此时已是 11 月份,天气寒冷,又遇上大雨。楚营里军粮供应不上,兵士们受冻挨饿,都抱怨起来。

项羽趁此机会说:"现在军营里没有粮食,巨鹿又等着我们去救援但是上将军却按兵不动,这样不顾国家,不体谅兵士,哪里有大将的样子呢?"

大家听了,都直点头。

第二天,项羽把宋义杀了并对众将士说:

"宋义背叛大王,我奉大王的密令,已经把他处死了。"

大伙见项羽把宋义杀了,都表示愿意听从项羽的指挥。

项羽派人把处死宋义的事报告了楚怀王。楚怀王于是封项羽为上将军,并令英布和蒲将军两支起义军也归其指挥。

当年12月，项羽率起义军到达巨鹿县南的漳水，便先派部将英布、蒲将军率领2万人为前锋，渡过漳水，切断秦军运粮的道路，把章邯和王离的军队分割开来。随后，项羽率领全军渡过漳水，并命令全军每人只带三天的粮食，把军队里做饭的锅全砸了，把渡河的船只全凿沉了以示不胜则死的决心。

项羽的决心和勇气，极大地鼓舞了众将士。众将士以迅雷不及掩耳之势直奔巨鹿，切断秦军粮道，包围了王离军队。将士们精神振奋，越打越勇。一个人抵得上十个秦兵。经过九次激烈战斗，活捉了王离，其他的秦军将士有的被杀，有的逃走，围巨鹿的秦军就这样瓦解了。

当项羽率兵去救援巨鹿时也有十几路将领率领人马来救赵国。可是他们被秦国的大军吓怕了，因此都扎下营寨，不与秦军交锋。当他们听到楚军震天动地的喊杀声时，都挤在壁垒上看。他们看见楚军勇猛斩杀秦军时，都被这阵势吓得目瞪口呆。等到打败秦军，项羽请他们到军营相见的时候，他们都不敢抬头跪在地上爬了进去。

看到军营内威武的项羽时，各路将领都很佩服。

"上将军威武英勇，从古到今还没有第二个。从今以后我们愿听从上将军的指挥。"

从那时起，项羽实际上成了各路反秦军的首领。

范增，秦末著名的政治家。秦末农民战争中西楚霸王项羽的主要谋士，被项羽尊称为"亚父"。大泽乡起义爆发后，范增投靠了项梁。项梁死后，他又跟随了项羽。随项羽入关后，曾主张项羽杀掉刘邦，但一直未被项羽采纳。在鸿门宴上，让项庄舞剑刺杀刘邦失败后，因刘邦谋臣陈平的离间计而遭到项羽的猜忌。范增辞官司回乡，在途中病死。

刘邦约法三章

巨鹿之战时，楚怀王一面派宋义、项羽去救援被围的巨鹿，一面派刘邦带领义军进攻关中，并约定谁先进入关中就封谁为王。当年 8 月，丞相赵高迫于农民军起义对朝廷的压力，同时他担心自己蛊惑秦二世杀害李斯、蒙恬及皇亲国戚的丑事让人知道了引起朝廷混乱。于是，他将秦二世胡亥杀死。

赵高杀死二世后，曾派人和刘邦谈判，想共分关中利益，但刘邦没有答应，继续向武关进发。武关是中原进入咸阳最坚固的一道屏障。在关下，刘邦召集了各路将士商量攻打武关的计策。张良为刘邦出主意说：

"我们应该一边想办法用各种方法诱惑、贿赂敌人，再降服他们；一边虚张声势，震慑敌人。"

刘邦采用了张良的计策，首先派一路人马将在武关周围的山上遍插旗子，让人一看好像山上藏了很多兵马似的；又派说客拿着金银财宝和好酒好肉

去贿赂把守武关的将领。说客不仅把所带的金银财宝分配得非常合适，而且还拿出好酒来宴请各将领。正当各将领喝得酩酊大醉的时候，刘邦派去的另一部分人马从武关正面绕过去，从东南侧面打了进去，这些关上将士就都被杀死了。

刘邦的军队进了武关，到了灞上，准备进攻咸阳。此时的咸阳，内忧外患，兵员不足，秦王子婴无可奈何地接受了臣子们的规劝：向刘邦投降。

到了投降这一天，子婴坐着白马素车，穿着丧服，脖子上用素带挂着秦国皇帝的玉玺，手持符节，带着他的官员跪在道旁，等待刘邦大军的受降。

刘邦高兴地接受了他们的投降，但他手下的将军主张把子婴杀了，刘邦没有同意，他说：

"楚怀王派我攻咸阳，就因为相信我能待人宽厚。再说，人家已经投降，也不好再杀他。我与怀王约定，谁先进入咸阳就封谁为关中王，因此关中要按照我们的意志进行治理，如果子婴能为我们治理关中提供帮助，我们一定要欢迎。"

说完，他收了玉玺，把子婴交给将士看管起来。

刘邦的军队进入咸阳后，将士们纷纷去寻找皇宫里的金银财宝，闹得乱哄哄的。但萧何却跑到秦朝的丞相府，把有关户口、地图等文书档案都收了起来，保管好。他认为这些文件是将来治理国家不能少的，比金银财宝更有用。

在将士的陪同下，刘邦来到了富丽堂皇的阿房宫。看着豪华的宫殿，刘邦不仅陷入回忆中。原来进这座城门时，一个小小的兵士都会对自己蛮横无理，盘问一阵子，甚至于没有礼物不让进。现在，这座宫殿已经归自己所有，自己可以随便进出这皇宫了。想到这些，刘邦心里美滋滋的；再看周围这么多漂亮的宫女，刘邦迷迷糊糊的简直不想离开了。

这时，樊哙(kuài)急急忙忙跑到皇宫，见刘邦一副不想走的样子，就说：

"沛公,您是想拥有天下,还是想做一个富翁?这些穷奢极欲的东西已经使秦朝亡了,您还要这些东西做什么呢?您还是赶紧回军营吧!"

刘邦正沉浸在这美好的情景中,觉得樊哙此时的话让人很不舒服,就有些发怒。见刘邦发怒,樊哙没说什么,转身走出了皇宫,没想到正好碰上了张良,于是把同样的话又对张良说了一遍。张良也觉得樊哙的话有道理,就和他一同进入皇宫,对刘邦说:

"俗话说:'忠言逆耳利于行,良药苦口利于病'。樊哙的话说得不错,希望您听从他的劝告。而且现在的形势对我们很不利,项羽巨鹿之战后,被大家认为是战神,诸侯想见他一面,都得在营帐外远远地跪着前行,进了营帐内也不敢大声说话。他现在的气势很盛,我们不能大意呀!"

刘邦一向很信任张良,听了他的话,刘邦沉思片刻后告诉樊哙:

"你命令将士将这里的仓库封好,然后将进城的队伍带回灞上待命,再让萧何通知各县的豪杰及父老到灞上营中开会。"

会上，刘邦说：

"灞上的父老乡亲们，我与怀王及众诸侯有一个约定，谁先进入关中谁就为关中王。今天我所带的队伍先入了关，并在咸阳接受了原秦皇子婴的投降。从现在开始我为王，子婴为相，共同治理关中。你们忍受秦朝的苛刻法律很久了，我今天就要将那些不合理的制度废除。现在我和父老们约法三章：第一，杀人者要被处死；第二，打伤人就算犯罪；第三，偷盗的人也要判刑。除了这三条，其他秦朝的法律、禁令一律废除。各级官员们还像平时一样工作，百姓也可以正常过日子。大家放心，我来此的目的是为父老乡亲们除害，不会侵犯骚扰民众的。我把军队撤回灞上，等各路诸侯军的到来。"

刘邦还让各行政官员及百姓把这三条宣传到咸阳附近各县。

百姓们听了刘邦的约法三章都很高兴，纷纷拿着牛羊肉、酒和粮食来慰劳刘邦的将士。

"粮仓里有的是粮食，父老乡亲们就不要再操心了。"

刘邦劝大伙把这些东西拿回去了。

从那时候起，刘邦的军队给百姓们留下了很好的印象，都希望刘邦能留在关中做王。

玉 玺 的 喻 义

玉玺，皇帝专用的印，因为专以玉为材料，所以又称为"玉玺"。皇帝有六方玉玺：皇帝行玺，皇帝之玺，皇帝信玺，天子行玺，天子之玺，天子信玺。六方玉玺的用途都不同。而传国玉玺则不在这六方玉玺之中。因为这方玉玺是用来代表"皇权神授、正统合法"的信物，所以所谓的"真命天子"必须拥有这方玉玺，而这方玉玺一旦失去，则表明"气数已尽"。

扫码查看
☑ 中华故事
☑ 典故趣闻
☑ 能力测评
☑ 学习工具

巨鹿之战后项羽大胜，于是转而要攻打咸阳。听说刘邦已经先攻下了咸阳后，非常生气。此时刘邦手下有个将官叫曹无伤，想投靠项羽，就派人偷偷到了项羽那儿。

"刘邦进入咸阳想在关中称王，让子婴担任国相。"

项羽听了，更加生气了。军师范增劝项羽说：

"刘邦在入关以前，贪图财物，喜欢美女。现在进入关中，既不拿财物，又不亲近女色，可见他的志向不小。现在我们的军队有 40 万人，驻扎在新丰县鸿门；刘邦的军队有 10 万人，驻扎在灞上。如果不趁此机会将刘邦除掉，将来后患无穷啊！"

于是项羽决心消灭刘邦。

项羽的叔叔项伯被张良救过，因此和张良成了好朋友。听到这一消息后，项伯担心张良会跟刘邦一起被杀害，于是连夜骑马去找张良，把事情详细地告诉张良，张良劝他一起去见刘邦。

"我替韩王护送大王入关，现在大王有危险，我趁此时离开是不道德的，我得把这件事告诉他。"

于是张良来见刘邦，并把这件事告诉了刘邦。刘邦听后大吃一惊。

"这可怎么办呢？"

"我去告诉项伯，就说大王不敢背叛项王。"

"你怎么认识项伯的？你们怎么还有交情呢？"

"在秦朝的时候，项伯和我就认识。后来，项伯杀了人，我把他救了；现在

有了紧急的情况，他担心我会有危险，于是来告诉我了。"

"那么你和项伯谁年龄大呢？"

"项伯比我大。"

"你替我把他请进来，我要用对待兄长的礼节接待他。"

张良出去对项伯说了此事，项伯马上就进来见刘邦。刘邦亲自捧着一杯酒敬给项伯，和项伯约定为亲家，并再三辩白自己没有反对项羽的意思，请项伯帮忙在项羽面前说句好话，项伯答应了。

"明天你早些来亲自向项王谢罪吧。"

于是项伯又连夜赶回项羽的军营，并见了项羽。

"刘邦要是不先攻入关中，您怎么能进来呢？现在人家立了大功你却要打人家，这是不仁义的。不如趁明天友好地款待了他。"

项王答应了。

第二天一早，刘邦就带着张良、樊哙和一百多个随从，到了鸿门拜见项羽。

刘邦说：

"我和将军一起攻打秦国。将军在黄河以北作战，我在黄河以南作战。但是我也没有料到能够先入关攻破秦国。现在看到将军您，真是非常高兴。但是哪儿知道有小人在你我之间进行挑拨。"

"这是你的左司马曹无伤说的。否则我怎么会如此生气呢？"

于是项羽就留刘邦在军营喝酒。酒席上，项羽、项伯面向东坐；范增面向南坐；刘邦面向北坐；张良面向西陪坐。席间，范增多次向项羽使眼色，并举起他佩带的玉玦要项羽趁机把刘邦杀掉。可是项羽都没有什么反应。

于是范增站起来，出去找到项庄。

"大王心肠太软，不忍下手。你进去敬酒，然后请求舞剑助兴，趁机把刘邦杀掉！"

项庄进去敬了酒。

"营中没有什么可以娱乐的,我就舞剑助兴吧。"

说着拔出剑舞起来。项伯一看项庄舞剑的用意是想杀刘邦,就站起来。

"咱们两人来对舞吧。"

说着,也拔剑起舞。他一面舞剑,一面用身子护住刘邦,使项庄刺不到刘邦。

张良一看这样的形势就出来找樊哙。樊哙连忙上前问:

"怎么样了?"

"非常危急!现在项庄正在舞剑,很可能是要加害沛公呢。"

"让我进去守卫在大王身旁,竭力保护他。"

于是樊哙就带着剑、拿着盾牌进入军门。卫士们想拦住他。樊哙拿盾牌一顶,就把卫士撞倒在地上。樊哙拉开营帐闯了进去,瞪眼看着项羽,头发竖直起来,眼眶都要裂开了。

"是什么人?"

项羽握着剑柄坐直身子问。

"这是替沛公驾车的樊哙。"张良跟着进来说。

"好一个壮士!"

项羽然后吩咐侍从的兵士赏他一杯酒、一条猪腿。樊哙一边喝酒一边吃猪腿。

项羽问道:

"壮士,能再喝一杯酒吗?"

樊哙义正词严地答道:"我死都

不怕，一杯酒又怎么会推辞呢？当初，怀王跟将士们约定，谁先进关就封谁为王。现在沛公进了关，可并没有做王。他封了库房，关了宫室，把军队驻在灞上，天天等将军来。像他这样有功劳的人，不仅没受到赏赐，将军反倒想杀害他。这是在重蹈秦朝灭亡的覆辙，我觉得大王不应该这样做。"

项羽只说声："坐吧。"

樊哙便挨着张良坐下。

过了一会儿，刘邦起身要去厕所，樊哙和张良也一起出来。樊哙劝刘邦走，于是刘邦留下一些礼物要张良替自己向项羽告别，自己则带着樊哙从小道回到了灞上。

估计刘邦他们已经到了灞上，张良才进去见项羽。

"沛公酒量小，喝醉了不能前来告辞。叫我奉上白璧一双，献给将军；玉斗一对，送给亚父（"亚父"原是项羽对范增的尊称）。"

项羽接过白璧，放在座席上。范增却非常生气，把玉斗拿过来摔在地上，拔出剑来将其砸得粉碎，并恶狠狠地说：

"唉！不值得和项羽这小子共谋大业！将来夺取天下的，一定是刘邦，我们就等着做俘虏吧。"

刘邦回到灞上，立即杀了曹无伤。

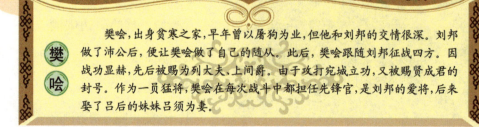

樊哙，出身贫寒之家，早年曾以屠狗为业，但他和刘邦的交情很深。刘邦做了沛公后，便让樊哙做自己的随从。此后，樊哙跟随刘邦征战四方。因战功显赫，先后被赐为列大夫、上间爵。由于攻打宛城立功，又被赐贤成君的封号。作为一员猛将，樊哙在每次战斗中都担任先锋官，是刘邦的爱将，后来娶了吕后的妹妹吕须为妻。

韩信分油

回到封地后，刘邦立即下令整治军队，储备军用物资，积极为东进作准备。这时，刘邦得到了一位杰出的军事统帅——韩信。

韩信为西汉的开国功臣，是中国历史上伟大的军事家，著名的军事统帅。韩信小时候便爱动脑筋，聪明过人。但因家境贫寒，常靠别人的救济度日，常被人瞧不起，后来有一件事让人们对他刮目相看，改变了以前的看法。

有一天，韩信在街上闲逛，看到不远处有一群人围在一起乱哄哄地争吵。韩信钻进人群后，看见两个油贩子正在大声争吵，一问旁边的人才知道，这两个人合伙卖油，因意见不合，准备把油桶里还剩下的10斤油平分后各奔东西，现在正为了分油不均而争执不下。

韩信看见两个人手头没有秤，器具只有三样：一是装10斤剩油的油缸，一是能装3斤油的空葫芦，一是能装7斤油的空瓦罐。怎样才能把油平分了呢？韩信想了一会儿就想出了答案。

"这有啥麻烦，简单得很哩。"

韩信对着人们大声说。

"乳臭未干的小孩子怎么这么狂妄？"

"饿了吧，韩信？人家的油可不能用来充饥啊！"

围观的人都笑了起来，纷纷起哄。韩信被人们说得眼泪汪汪的。

两个油贩子正因为没有办法而着急，现在有人给他们出主意，他们高兴还来不及呢，于是就让韩信分分看。

"葫芦归罐罐归篓，三倒葫芦两倒罐。"

韩信对两个油贩子说。

可是那两个油贩子并没有明白。韩信只好又详细地说了一遍。

"先把葫芦灌满油,倒进空瓦罐;再把葫芦灌满油,倒进空瓦罐;然后把葫芦灌满油,倒满能装7斤的瓦罐为止。"

两个油贩子按照韩信说的马上行动了起来。

"现在葫芦里剩下几斤油了?"

"2斤,2斤!"

人们一改原先瞧不起韩信的态度,异口同声地回答。

"再把瓦罐里的7斤油全部倒入油缸中,然后把葫芦中剩下的2斤油倒入瓦罐。那么,现在瓦罐和油缸里各有几斤油?"

"瓦罐里有2斤油,油缸里有8斤油。"

油贩子一边操作,一边高兴地回答。

"最后该怎么办大家都知道了吧?"

韩信笑着说。

"将葫芦灌满油,倒进瓦罐!"人们一起回答。

油贩子根据韩信的话,很快就把油分均匀了。从此以后再也没有人敢轻视他了。

"葫芦归罐罐归篓,三倒葫芦两倒罐"是怎么回事

韩信所说的"葫芦归罐",是指把葫芦里的油往罐里倒;"罐归篓"是指把罐里的油往缸里倒。通常分油要把油从大容器往小容器里倒,现在却把小容器里的油往大容器"归"。往油葫芦里倒油,只能得到3斤的油量;把葫芦里的油往罐里"归","归"到第三次,葫芦里就出现2斤的油量。再把满满一罐油"归"到缸里,腾出空来,把葫芦里的2斤油"归"到空罐里;最后再倒一葫芦3斤油,"归"到罐里,就完成分油任务了。

一饭千金

　　韩信虽然因为分油的事使人们不再轻视他,但他既不会种田也不会做买卖,又不能去当官,还是常常靠别人的帮助来糊口度日,因此许多人都讨厌他。

　　但当时下乡县的南昌亭长与韩信较熟。看到韩信这么困难,便常常让他来家里吃饭。于是韩信便在亭长家里住了几个月。亭长的妻子看韩信常在家里白吃非常不高兴。

　　有一次,亭长的妻子接连几天一清早就把饭做好,然后和丈夫一起早早吃完。等韩信起床去吃饭时,锅里已经什么都没有了。韩信知道是自己蹭饭遭人讨厌,人家以此来羞辱自己。他什么也没说,气愤地离开了亭长家。

　　从亭长家跑出去之后,他时常要饿肚子,为了能填饱肚子,只好到城下淮水边钓鱼,钓到了可以卖几个钱,钓不到就饿肚子。

　　淮水边上有几个帮人家洗衣服的老婆婆,各自带着饭篮在这里干活。日子久了,其中一个老婆婆看见韩信有气无力,饿得可怜,很同情他,就将自己的那份饭分成两半,留给韩信一半。韩信饥不择食,狼吞咽地吃了起来。从那次开始，那个老婆婆就这样从不间断地每天分给韩信一些饭吃，直到工作全部完成离去为止。

一次，吃过分来的饭后，韩信站起来向老婆婆深深地鞠了一躬，表示感激。

"老婆婆，谢谢您这段时间对我的救济，这份恩情我将永生难忘。将来我要是富贵了，一定会报答您老人家的！"

老婆婆一听韩信的话，很生气。

"堂堂男子汉大丈夫不能自食其力。你虽贵为王族之后，如今却沦落到忍饥挨饿的地步，我不忍心看到你这个样子才分饭给你吃的，并不是为了图你报答！"

说完，老婆婆就端着洗好的衣物离开了。

听了老婆婆的这一番话，韩信觉得很惭愧。望着老婆婆远去的背影，韩信暗下决心：从今以后我一定要有所作为。有朝一日得志了，一定要实现今天的诺言，好好报答这位老婆婆。

后来，韩信受到汉高祖刘邦的赏识，被封为楚王。衣锦还乡后，韩信命人四处寻找当年的那个老婆婆，并把她从淮阴请来，当面向她致谢，并送给她一千两黄金。那个老婆婆并不贪图这钱，但又推辞不得，只好领谢而去。接着，韩信又命人把那个亭长找来。

"你是个小人，没将好事做到底。"

因此只赏给他一百小钱。

亭 长 是 什 么 样 的 官

亭长，乡官名。战国时期开始在与邻国交界的地方设亭，设立亭长，承担防御的责任。秦汉时期在每个乡村每隔十里就设立一亭，任命一个亭长。主要掌管警卫治安，还负责管理停留的旅客，管理民事。充当亭长的人常常是已服满兵役的人。汉高祖刘邦曾在秦时担任亭长。这一官职在东汉以后逐渐被废除。

萧何月下追韩信

在接受老婆婆的救济后，韩信一直为实现自己的诺言而努力寻找机会。陈胜、吴广起义后，项梁率领抗秦义军渡过淮河向西进军，这时韩信带了宝剑去投靠项梁，留在他的军营中，却一直默默无闻。后来韩信离开项羽前去投奔了刘邦，当了一名接待来客的小官。有一次，韩信和其他人因犯案被判了死刑。其他13个人都依次被杀了，就要轮到韩信时，韩信抬起头来，看到了滕公夏侯婴。

"汉王不打算得天下吗？为什么杀掉壮士？"

夏侯婴听韩信话语不凡，看他相貌威武，就放了他，同他谈话，更加欣赏他，便把他推荐给汉王刘邦。汉王封他个管理粮饷的官职，但不认为他是个奇才。

一个偶然的机会，韩信因为职务的关系结识了作为丞相的萧何。在接触的过程中，萧丞相发现韩信有胆有识，是个不可多得的人才，就更加坚信韩信绝非一个只懂得纸上谈兵的浮夸之辈。于是多次向刘邦建议提拔韩信为大将军，但刘邦觉得，一来这个韩信太年轻，靠不住，二来他没有任何带兵打仗的经历，一下子将他提升为将军恐怕军中其他人不服，因此刘邦并没有多加重视。

韩信在刘邦手下久久不能得到重用，心中对刘邦很是失望。

汉王刘邦到了南郑之后开始养精蓄锐，准备再和项羽争夺天下。但是他手下的兵士大部分是东方人，不愿在这里生活，都想回老家，因此队伍到达南郑时，半路上跑掉的军官就多到了几十个，急得刘邦焦头烂额。韩信看到刘邦的手下都已经逃走了，自己虽然被夏侯婴、萧何举荐过，但一直没有得到重用，因此在7月一个清朗的月夜，韩信悄悄地骑上自己的马向北而去。

见韩信一直没得到重用，萧何很不放心，生怕他一走了之，所以只要有时间就会来探视一下。当他确定韩信已经动身北去之时，马上放下尚没处理完的紧急公务，连个招呼也来不及向刘邦打，便亲自策马追赶韩信，萧何为了追上韩信，不辞辛苦，一路问，一路追。追了两天，才把韩信追了回来。

刘邦正为军中偷偷跑掉的人日益增多而焦急，忽然有军吏来报告说："汉王，萧丞相也跑了。"听说自己的好朋友也跑了，刘邦更加难过了，就像突然被人斩掉了左右手一样。立刻派人去找萧何，可是一连两天也不见萧何的影子。

到了第三天早晨，萧何才回来。刘邦见了他，又生气又高兴，骂道："你怎么也逃走啊？"萧何回答："我怎么敢逃走呢？我是去追逃走的人呀。"刘邦又问道："你去追谁了呢？""韩信。"刘邦继续问："那么多跑掉的将军你不追，怎么偏要去追韩信？这明明是在骗我！"萧何说："那些将军都容易得到，可是韩信是数一数二的杰出人才，普天之下也找不出第二个。大王如果只想当汉中王，没有韩信也是可以的；但如果要争夺天下，那就非用韩信不可。只看大王如何打算罢了。"

刘邦说："我也想回到东方，不想永远留在这里。"萧何说："大王如果决定打回东方，能重用韩信，他自然会留下；如果不重用他，他终究会离开的。"

刘邦说："那么，让他做个将军吧。"萧何回答："叫他做将军，他还得走。"刘邦又问："那让他做大将军怎么样？""很好"萧何回答。

刘邦叫萧何把韩信找来，想马上拜他为大将军。萧何说："大王从来不注重礼节，今天任命一位大将军，就像呼唤一个小孩子一样，这就难怪韩信要走了。如果大王诚心让他做大将军，就该拣个好日子，隆重地举行任命的仪式才好。"刘邦同意了萧何的要求。

韩信被任命为大将军后，刘邦接见韩信时说："丞相多次推荐将军，将军一定有定国安邦的良策，请将军指教。"

韩信给刘邦详细地分析了他和项羽兵力的强弱，说："项王虽然神勇，但不善于用人，只是匹夫之勇；而且对部下封赏不公。他违背怀王的意思，给自己的亲信封王，使得诸侯对此愤愤不平，因此都纷纷自立为王。他虽为天下的领袖，但军队经过的地方，无不遭蹂躏残害，百姓只是在他的淫威下勉强屈服，因此他已经失去了民心。大王却与其相反，入武关时，废除秦朝的苛酷刑法，和百姓约法三章，与秦地百姓和睦相处，秦朝百姓都想拥戴您在关中为王。根据当初怀王与诸侯的约定，大王理当在关中称王，关中的百姓也都知道。可项羽却违背怀王的意思，让大王失掉应有的封爵而在汉中做王，秦地百姓都十分怨恨项王。现在大王向东发兵，攻秦的属地，只要号令一声即可收服。"刘邦越听越高兴，直后悔没早点儿发现这个人才。从那以后，刘邦就让韩信指挥将士、操练兵马，伺机东征项羽。

夏侯婴　沛县人，西汉开国功臣之一。开始时夏侯婴在沛府的马房里养马驾车。每当他完成工作任务后，经过沛县泗水亭，都要去找刘邦聊天。后来，夏侯婴当上了试用的县吏，与刘邦的关系就更加亲密了。后来刘邦率领一些徒众在沛县起兵时，夏侯婴以县令属官的身份与刘邦联络，后被刘邦封为七大夫。随后开始跟随刘邦作战，夺得天下。夏侯婴自从跟刘邦在沛县起兵，长期担任太仆一职，一直到刘邦去世。

自从刘邦拜韩信为大将军后,听取了韩信的策略,攻占了秦国的故土关中地区,奠定了与西楚霸王项羽争夺天下的基础。然后韩信又帮助刘邦向东渡过黄河,打败并俘虏了背叛刘邦、听命于项羽的魏王豹,接着又计划向东通过井陉(xíng)口攻打赵王歇。

赵王、成安君陈余听说汉军将要来袭,就在井陉口聚集了大约20万的兵力。广武君李左车听说汉军要经过井陉口攻打赵国,就向成安君献计。

"韩信夺取了关中,俘虏了魏豹,生擒了夏说,血洗了阏与,现在在张耳的辅助下又要乘胜攻打我们赵国,士气不可抵挡。可是,汉军从本国出发,长途跋涉来攻打我国就得从千里以外运送粮饷,在行军途中,就得临时砍柴割草、烧火做饭,军队就不能按时吃饭,士兵们也会因为各种原因而吃不饱。眼下,井陉口这个地方两旁有山,道路极其狭窄,两辆战车不能同时通过,骑兵也不能排成行行进,因此行进的军队就会绵延数百里,运粮饷的队伍也势必会被远远地落到后边。希望将军能临时拨给我3万大军,我让一部分兵士在隐蔽的小路上拦截他们的粮草再截断他们的退路,您就带领兵士深挖战壕,高筑营垒。等到汉军到来时,您就坚守军营,不与他们交战。这样他们就会被困在这里无法后退。用不了十天,他们就会因为缺粮而败逃,到时就可取得韩信和张耳的人头了。希望将军您能仔细考虑我的计策。否则,咱们一定会被他们两人俘虏。"

李左车虽然句句说得在理,可成安君陈余是个信奉儒家学说而不知变通的人,他认为正义的军队不应该用欺骗诡计,不但不采取李左车的计策,反而说:

"我读过不少兵书。兵书上说,兵力超过敌人十倍,就可以包围敌人,兵力

超过敌人一倍就可以与敌人交战。现在韩信的军队虽然对外宣称有几十万，但实际上不过一万多人而已，而且他们又不远千里来袭击我们，已经很疲惫了。如果像刚才你说的那样只坚守而不出击，等到他们强大的后续部队到来时，我们又怎么能对付得了呢？而且这样一来各诸侯也都会认为我胆小，也会因此一个一个地来攻打我们。"

就这样，成安君陈余没有采纳广武君李左车的计谋。

韩信在进入井陉口前派人前往赵国秘密打探消息，在得知成安君陈余没有采纳广武君李左车的计谋后非常高兴，他命令部队进入井陉狭道，并在距离井陉口还有30里的地方停下来宿营。到了半夜，韩信让副将传达开饭的命令，并告诉将士们打垮了赵军再正式吃顿饱饭。韩信又挑选了2000名轻装骑兵，让每人拿一面红旗，从小道悄悄上山，在山上隐蔽着观察赵国的军队，并告诫他们说：

"两军交战时，赵军见我军败逃，一定会倾巢出动全力追赶我军，那时你们就火速冲进赵军的营垒，拔掉赵军的旗帜，插上我们汉军的红旗。"

因为担心赵军看不到汉军大将旗帜、仪仗，就不肯攻击汉军的先头部队，于是韩信又派出上万人的先头部队，出了井陉口，背靠着河水摆开了战斗队列。陈余等人看见韩信把兵马安置于背水之处，哈哈大笑说：

"韩信空有虚名！背水作战，不留后路，自己找死！"

天刚蒙蒙亮，韩信就让将士们打起大将的旗帜，列开仪仗，大吹大擂地开出井陉口直奔赵军军营。赵军看见汉军大张旗鼓前来进攻,就冲出营垒与汉军交战。激战了很长时间,觉得时机已到,韩信和张耳命令军队扔下旗子和战鼓,往河边的阵地跑去。赵军见汉军败退,就倾巢而出,一边争夺汉军的旗子和战鼓,一边追逐韩信和张耳。韩信和张耳率军"逃"到河边的阵地后,与阵地里的将士联合了起来。汉军因为背水结阵,没有了退路,所有的将士只好返转身来,奋勇杀敌。

韩信提前派出去的 2000 轻装骑兵看到赵军倾巢出动去追赶韩信和张耳时,火速冲进赵军空虚的营垒,将赵军的旗帜全部拔掉,竖立起汉军的 2000 面红旗。此时,在河边与汉军激战的赵军看到不能打败汉军俘获韩信和张耳时,士气开始低落,就想要退回营垒。当看到营垒上插满了汉军的旗子时,众将士都大为震惊,以为汉军已经俘获了赵王的将领,于是军心大乱,将士们四处逃窜潜逃。汉军前后夹击,乘胜追击,彻底打垮了赵军,俘虏了赵王歇和李左车。

在庆祝胜利的时候,将领们问韩信:"背水列阵是兵家大忌,将军却让我们背靠水摆阵,还说打败赵军再正式吃一顿饱饭,当时我们都不相信,然而现在却取胜了,这是一种什么策略呢?"韩信答道:"这也是兵法上的,只是你们没有注意到而已。兵法上说'陷之死地而后生,置之亡地而后存'。我所带的兵,大多没经过严格的训练,只有将他们放在死地,他们才能各自为战,拼死搏杀,如果把他们放在生地,他们都会逃走,怎能打胜仗呢?"

韩 信 求 教 李 左 车

背水一战中,韩信俘虏了赵王和李左车。一天,韩信为准备攻打燕、齐而向李左车求教。李左车禁不住韩信地再三请求,便答道:"目前不宜攻打燕、齐。而应抚恤百姓,犒劳将士,同时以优势兵力向燕国进发,造成声势,迫使燕国顺从。一旦燕王顺从,齐国也会服从。这就是兵书上说的先虚后实之法。"韩信采纳了建议,不久就攻下了燕、齐。

明修栈道 暗度陈仓

刘邦攻入咸阳后理应为王,但是项羽嫉妒他的功劳太大,怕他兵马多了,威胁自己。于是他利用分地封王的名义夺去刘邦一些兵马,并把巴蜀和汉中三个郡分给刘邦,封他为汉王,以汉中的南郑为都城,想这样把刘邦打发到偏僻的山里去。同时项羽又把关中划分为三部分,分给秦朝的降将章邯、司马欣、董翳(yì),以便遏制刘邦向东发展。而他自己却自封为西楚霸王,封地九郡,占领长江中下游和淮河流域一带肥沃之地,以彭城为都城。

刘邦虽然也有独霸天下的野心,对项羽的这一分封也不服气,但因害怕项羽的威势,从鸿门宴上脱险后,只好服从分配,领兵西去,开往南郑。张良奉韩王成的命令,送刘邦到关中,所以此时应当随刘邦一起到汉中。

一路上,张良不断地观察着地形、地势。到了南郑后,他们没有进入南郑城,却先到了南郑城西的褒中。

张良观看了褒谷口的道路地形后,对刘邦说:

"大王,你为什么不把这条栈道烧毁呢?"

"为什么要烧毁好好儿的一条栈道呢?而且烧毁之后我怎么出去呢?"

"这条栈道的北口就通向雍王章邯的领地,如果不烧毁这条栈道,章邯随时都会打进来。项羽不是怀疑你会进攻他吗?烧毁这条栈道,不就等于向项羽表明你没有能力抵抗他,也不准备再回关中和他争夺天下了吗?这样既可以麻痹项羽,使他解除戒备,又可以使大王以汉中为基地,发展势力,养精蓄锐,等待时机。"

听了张良的话,刘邦恍然大悟,他让张良从这条栈道返回去辅佐韩王成时，将栈道烧为了灰烬。

回到南郑后，刘邦任命韩信为大将军，于是向他征询东进大计，韩信的第一步计划是先取关中，打开东进的大门，建立兴汉灭楚的根据地，但是需要先派士兵去修复栈道，没想到韩信的这一战略战术与张良不谋而合。

当年8月，刘邦按韩信的计策派了最信任的大将——樊哙、周勃率领老弱病残一万余人，去修复褒谷口那条被烧毁的栈道，并以军令限一个月内修好。当然，这样浩大的工程即使3年也不可能完成。樊哙接受军令后，不知是韩信的妙计，只是在内心埋怨张良：早知道今天要费人费力地重修，当初又为什么要烧毁呢？

樊哙带人修栈道的消息传到关中，雍王章邯知道后哈哈大笑。

"当初刘邦下令烧毁栈道时，怎么没想到现在的事？现在要重修，300里栈道都修在悬崖峭壁上，哪年哪月才能修完？真是蠢笨到了极点啊！那个大将军韩信是什么人？"

左右将韩信受胯下之辱的经历向他说明。章邯又大笑不止。

"原来是个钻过裤裆的怯懦之人呀，想他也没什么能耐。"

于是放下心来，对韩信的这一行动毫无戒备。

就在章邯大笑刘邦蠢笨的时候，韩信和刘邦却统帅10万大军，悄悄地绕过褒水，然后分为两支进军。韩信带领一支军队沿着古时的一条山路，向西北挺进，神不知鬼不觉地渡过渭水河，以迅雷不及掩耳之势，直扑陈仓。当韩信的精锐部队神不知鬼不觉地到了陈仓，进入关中平原的时候，章邯才接到紧急报告，说刘邦的大军已攻入关中，陈仓被占，守将被杀。可是起初章邯并不信，以为是谣言，等得到证实以后，才知道中了韩信声东击西之计，慌忙准备应战，却已经措手不及了。这时刘邦的军队也已赶到，多路进攻，占领了废邱，夺得了雍地。章邯见丢了城池，前无去路，后有追兵，只有拼死一战，结果惨败。他自知无法脱险，便在绝望中拔剑自刎了。汉军再到咸阳，驻守关中东部的司马欣和北部的董翳也相继投降。号称三秦的关中地区于是一下子全部被刘邦占领了。这次战役为刘邦统一中原迈出了决定性的一步。

栈道，是指在悬崖峭壁的险要地方凿孔支架，铺上木板而建成的通道，可以行军、运输粮草辎重，也可供马帮商旅通行。

"明修栈道，暗度陈仓"这个成语在军事上是指：用正面假装攻击的迷惑手段来伪装真正攻击路线，这是声东击西、出奇制胜的谋略。现在指用明显的行动迷惑对方，使人不备，也比喻暗中进行活动。

楚汉相争

鸿门宴后,刘邦害怕项羽再对自己心存怀疑,就采用张良计策,烧毁所过栈道,借防备诸侯兵的袭击为名,向项羽表示再无东回的意思。于是,项羽对刘邦消除了疑虑。当年5月,没有被项羽封王的田荣在齐地起兵反楚,自立为齐王,项羽发兵击齐。刘邦利用项羽无暇西顾和三秦王立足未稳的机会,命韩信为大将、曹参为前锋统兵数万,积极部署东进计划,占领了关中大部地区;同时又命部将出武关向楚地进军,将楚军阻截在阳夏。

项羽本打算发兵往西攻打刘邦,可是东边齐王田荣的情况比西边更严重。于是项羽采取先齐后汉的策略,继续让主力攻打齐王。刘邦则抓住时机,趁项羽和齐国相持不下的时候,一面巩固关中,一面向东扩张势力。第二年4月,刘邦接受董公的建议,以项羽杀害楚怀王为理由,以为楚怀王报仇为号召,联络各地诸侯王声讨项羽,很快就攻下了西楚霸王的都城彭城。项羽又不得不扔了齐国那一头,赶回来在睢水上跟汉军打了一仗。陶醉于胜利之中的刘邦毫无戒备之心,被楚军打得落花流水、元气大伤,只得逃回荥阳。项羽不仅重新收复都城彭城,而且将刘邦的妻子吕雉和父亲都俘虏了。

刘邦战败后,各诸侯王又纷纷投向项羽。为摆脱被动局面,刘邦充分利用荥阳一带的有利地形,一面分兵扼守险要,一面积极从各方面联合反楚力量以壮大自己的实力,等待时机再战。这时候,萧何从关中调来一支人马,韩信也带着军队来见刘邦,汉军才又振作起来。

第三年初,项羽对刘邦正面防线发动进攻,攻占了荥阳、成皋。刘邦逃到关中后,为分散项羽的兵力,摆脱被动挨打的局面,在5月率军出武关,来到宛、叶。此时的项羽急于和刘邦主力作战,于是率军离开荥阳、成皋,来到宛、叶。刘邦则命令将士只守不攻。然而楚军后方重镇下邳又被攻占,项羽不得不回师解救。刘邦则迅速北上,收复成皋。6月,项羽再次占荥阳、成皋,并向西进攻。刘邦败到巩县挖深沟以阻击楚军,并派人在楚军后方攻城略地,切断楚军粮道,迫使项羽再次回兵东击彭越,刘邦再次收复成皋。

楚汉双方在荥阳、成皋形成对峙局面。刘邦一面守住荥阳,用少数兵力拖住项羽的军队;一面派韩信带领兵马,向北边收服魏国、燕国和赵国,对项羽形成大迂回的包围形势;一面又命将军彭越在楚军后方截断楚军的粮道,使项羽的军队不得不来回作战。面对这一形势,项羽的谋士范增劝项羽把荥阳迅速攻下来。而刘邦则采用陈平的离间计,挑拨项羽与谋士范增的关系。项羽本就是个猜忌心很重的人,中了离间计,真的对范增怀疑起来。范增受到冷落,非常生气。

"天下的大事已经定了,大王好自为之吧。我年老体衰,没有能力辅助大王,只好回家了。"

范增离开荥阳,一路上又气又伤心,就得了病,没有回到彭城就死了。

楚汉双方这样一直对峙了两年多。公元前203年,项羽决定亲自领兵出征攻打彭越,并将手下将军曹咎留下来守住成皋,再三嘱咐他千万不要跟汉军交战。

刘邦见项羽一走,就向曹咎挑战。曹咎是一个有勇无谋的人,禁不住汉军再三地挑战与辱骂,便渡过汜水,和汉军进行决战。结果大败,曹咎觉得没有脸再见项羽,在汜水边自杀了。

听说成皋失守,项羽又赶到西边对付刘邦了。但成皋之战使得楚军外无援军,内缺粮草,兵卒奔波疲劳,士气低落,项羽因此非常焦急。一天,项羽把刘邦的父亲绑了起来,并派人到汉军营前大声吆喝:

"刘邦还不快投降,否则就把你父亲宰了。"

刘邦知道项羽是想吓唬他,就大声回答:

"我曾跟你结为兄弟,既然是兄弟,我的父亲也就是你的父亲。你要是把父亲杀了煮汤,也分给我一碗尝尝。"

项羽听得咬牙切齿,真的想把刘邦的父亲杀了,但项伯又劝住了他。

一天,项羽派使者对刘邦说:

"天下现在不安定,就是因为我们一直争战不休。我想和你单枪匹马比个高低。"

刘邦让使者回话说：

"我率领义军讨伐你，只想和你斗智，不和你斗蛮力。"

于是项羽叫刘邦出来，两人在阵前对话。刘邦列举了项羽的十条罪状，项羽听得火冒三丈，用戟向前一指，后面的弓箭手一齐放起箭来。其中一箭正中刘邦前胸。刘邦害怕军心动摇，急中生智，弯身捏住脚趾，大叫：

"射中我的脚趾了。"

于是赶快策马回阵。

左右急忙把刘邦扶进了营帐。听说汉王受伤，汉军都着了慌。为稳定军心，张良劝刘邦坚持到各军营巡视了一遍，大家这才安定下来，刘邦这才去成皋养伤。

听说刘邦没有死，项羽很失望。这时，韩信又大败齐地的楚军，而且将楚军运往彭越的粮道也截断，项羽因此焦头烂额。

正当项羽一筹莫展的时候，刘邦派人跟项羽讲和，要求把父亲、吕雉放回来。双方约定以鸿沟为界，"中分天下"，西为汉，东为楚。

项羽觉得这样划定"楚河汉界"还不错，就同意了，放了刘邦的父亲、妻子，接着带领人马回了彭城。

丞相曹参

曹参，西汉开国功臣、名将，是萧何以后汉代的第二位丞相。在秦朝时，曹参做沛县的狱掾，和做主吏的萧何一样有声望。后来，刘邦在沛县起兵，曹参便以中涓的身份跟随了刘邦。刘邦即位后封长子刘肥为齐王，封曹参为齐国相国。孝惠帝时封曹参为齐国丞相。汉丞相萧何死后，曹参继任汉丞相，一切按照萧何制定的法度去办，有了"萧规曹随"这一历史佳话。

项羽乌江自杀

项羽因兵少粮尽,被迫与刘邦在鸿沟议和。双方约定以鸿沟为界,鸿沟以东归楚,鸿沟以西归汉,互不侵犯。项羽已经丧失了战略优势,但他深信鸿沟和约对双方的约束力,于是对汉军没有丝毫戒备便率军后撤,决定退守垓下,不返江东,这个重大的战略失误导致楚军陷于汉军的重重包围之下。

鸿沟议和以后,刘邦却接受张良和陈平的规劝,决定趁项羽衰弱的时候消灭他。于是刘邦就与韩信、彭越、刘贾会合兵力追击正在向东开往彭城的项羽部队。经过几次激战,最终韩信设下了十面埋伏之计,将项羽的部队诱入了层层包围之中,打算彻底将其歼灭。但是楚王项羽异常勇猛,率领 10 万将士浴血奋战,终于冲出重重包围,率领残兵败将回到了楚营。 此时楚王只剩下八

千子弟兵及两三万人马了，虽然人数不多，却都骁勇善战，对楚王也忠心赤胆，甘愿为其舍生忘死。

这时谋士张良手拿一支箫上前为刘邦献计，说：

"我有一个计策，保证让项羽的八千子弟兵解体。"

于是张良将这个计策实施的具体步骤——讲了出来，刘邦、元帅韩信及众将都点头称妙，钦佩张良的学识才智。

夜里，韩信率队将楚营团团围住。被围住的楚营兵少粮缺，此时又正值深秋时节，看着满地的落叶，士兵们对连年的争战已经厌倦，营中军心开始浮动。正当此时，外面汉营中又断断续续传来一阵阵和着箫声的楚地民歌。

楚营中的兵士们听着这熟悉而又亲切的歌声都禁不住思念起家乡的父母妻儿，热泪直流。营帐内的项羽听到这歌声也不禁非常吃惊："难道楚地都已经被刘邦得到了吗？为什么他的部队里有这么多的楚人呢？"此时他的战马乌骓也在帐外发出阵阵悲切的嘶鸣，怎么也不听使唤。

项羽在营帐内坐下来独自喝酒，他的爱妃虞姬在一旁温柔劝解，并舞起剑来为他助兴。帐外秋风瑟瑟，乌骓嘶鸣，项羽不禁悲从中来，滴出一行

眼泪，引吭高歌起来：

"力拔山兮气盖世，时不利兮骓不逝，骓不逝兮可奈何，虞兮虞兮奈若何。"
意思是：力量大得能搬动大山啊气势超过当世，时势对我不利啊骏马也不奔驰。骏马不奔驰啊如何是好，虞姬虞姬啊我该怎样安排你！"

唱完后，项羽爱恋地凝视着虞姬。虞姬停下舞剑，对项羽说：

"大王，您突围吧，不用管我。"

说完，虞姬将剑在脖前一抹，便倒地身亡。看着倒在地上的虞姬，项羽慢慢来到虞姬的身旁，轻轻地抚摸着她，心如刀绞，泪如雨下。突然，项羽猛地站起身来，冲起营帐，跳上战马，带领余下的部队冲向汉营。天刚刚亮时，他们终于冲出重围。

项羽带领剩余的100多人边战边逃，大批汉军在后面紧追不舍。到达乌江岸边时，只剩下了26名士兵。当汉军到达岸边时，项羽命士兵下马，与汉军决一死战。26名士兵怀着必死的决心，扑向敌军，全部牺牲。此时江边正停靠着一条小船。船上的人请项羽上船将他渡到江东，项羽说：

"天要我亡，我还过江做什么？我从江东带领八千子弟渡江西征，现在一个人不剩了。即使江东父老同情我，我也没有什么面目再见江东父老了。"

说完仰天长叹一声，拔剑自杀了。

谋 士 陈 平

　　陈平是西汉王朝著名的开国功臣。秦末大泽乡起义后，陈平投奔项羽，后来又投奔了刘邦，成为刘邦重要的谋士。刘邦被困荥阳时，陈平用离间计破坏了项羽与范增的关系，使范增愤愤而死。后又帮刘邦抓捕韩信，帮刘邦解除白登之围。刘邦死后，陈平被吕后封为郎中令，以教导惠帝，后来做到了左丞相。吕后死后，陈平与周勃合谋平定诸吕之乱，迎立汉文帝。

汉高祖除心患

项羽乌江自杀标志着楚汉相争中刘邦取得了最后的胜利。刘邦也兑现了先前的诺言，封韩信为楚王，彭越为越王。公元前202年，楚王韩信、越王彭越、原来的燕王臧荼、赵王张敖以及长沙王吴芮共同上书刘邦请他称帝。当年2月，汉王刘邦正式登基成了皇帝，这就是汉高祖。

刘邦虽然做了皇帝，但他也没敢对身边的人掉以轻心。他知道自己之所以能战胜项羽，是依靠各路诸侯的协同作战。这些诸侯，有的是他的盟友，没有统属关系；有的虽然原是他的部属，但由于在战争中实力迅速增强，已成了刘邦的心头患了；还有一些诸侯是在他登上帝位以后封的主要部队的首领。如果这些诸侯王联合起来反对他，他是无法应对的。尤其是楚王韩信、梁王彭越、淮南王英布，他们功劳最大，兵力也最强。因此，刘邦对他们很不放心，一直在找机会要将他们消灭掉。

公元前201年，有人向刘邦告发韩信谋反。刘邦问该怎么办，大臣们都说要发兵讨伐。只有陈平反对，他说：

"楚国现在兵精粮足，韩信又善于用兵，发兵很难取胜，而且很危险。"

"那怎么办？"

"皇上可以以巡游云梦为借口，让各诸侯王都到陈县朝见，韩信也一定会去，那时再把他抓住问罪。"

刘邦依计到了云梦，韩信接到命令，不能不去。到了陈地，刘邦叫武士把韩信绑了起来，要治他的罪。韩信听说有人告他谋反，就大声喊冤。

"现在天下已经平定，我这样的人也早就该杀了。"

将韩信押到洛阳后,因为没有确凿的证据,刘邦便将他放了,但取消他的楚王封号,改封为淮阴侯。

有一天,韩信部将陈豨(xī)被调往别处。临行前,陈豨来韩信府上辞行。韩信屏退仆人后对陈豨说:

"你到任的地方,是屯聚天下精兵的地方,而你又是皇上宠爱的臣子。如果有人告你造反,皇上一定不信;但如果有人再告你造反,皇上一定会怀疑;如果再有人告你造反,皇上一定会率军讨伐你。所以你不反就是死路一条。只要你下定决心,一旦事发,我在长安给你做内应,我们一定会成功的。"

陈豨一向崇拜韩信,便听了韩信的话,答应一切听从韩信的指示。

过了几年,陈豨在代地造反,自立为代王。汉高祖要淮阴侯韩信和梁王彭越一起讨伐陈豨。可是两个人都推说有病,不肯出兵。汉高祖刘邦只好自己去讨伐陈豨。汉高祖刘邦带兵离开长安后,有人向吕后告发,说韩信要在都城袭击太子和吕后。吕后和萧何商量了一个计策,将韩信诱骗入宫后进行抓捕,最后在长乐宫斩首。韩信被杀不到三个月,汉高祖灭了陈豨。

刘邦在亲自讨伐陈豨时,因为梁王彭越没有带兵到邯郸帮助很生

气。后来彭越的手下又向刘邦告发彭越想谋反，于是刘邦派人出其不意地逮捕了他，并把他囚禁在洛阳。因没有真凭实据，刘邦将彭越贬为平民，流放到蜀中去。

彭越在去蜀中的路上遇到吕后，便向她哭诉自己没有谋反之心，请吕后向刘邦求情，让他回老家。吕后将彭越带回了洛阳，对刘邦说：

"彭王是个豪壮而勇敢的人。把他流放蜀地，必定会留下祸患，不如杀掉他。"

刘邦听了吕后的话，就把彭越按谋反罪处死，并灭其家族，废除封号。

刘邦杀了韩信、彭越后，英布很害怕，于是暗中派人部署，集结军队，并侦察邻郡的情况。

这时，英布的小妾爱姬生病了，需外出就医。中大夫贲赫(bēn hè)与医生的家很近。为了讨好英布，贲赫便常常送一些财宝给爱姬，因此爱姬便经常在英布面前夸贲赫有长者之风。不料英布听后却大怒，怀疑爱姬与贲赫有染。

贲赫知道后非常害怕，便对外称病不出。可是英布却认为贲赫是做贼心虚，于是更加怀疑他，想要出兵逮捕他。情急之下，贲赫急忙乘车去长安。到了长安后，贲赫上书刘邦称英布已有谋反迹象。刘邦便与丞相萧何商量对策。

英布见贲赫上书言变，再加上汉朝使者前来调查，觉得自己谋反之事已被高祖知晓，于是被迫起兵谋反。因为英布英勇善战，兵马众多，刘邦不得不亲自出征。

在阵前，刘邦骂英布说：

"我已经封你为王，你为什么还要造反？"

"当然是想做皇帝了！"英布直言不讳地说。

刘邦指挥大军猛击英布，很快就击败了英布，英布在逃亡的路上被人杀了。

在得胜回京的途中，刘邦路过了自己的故乡——沛县，并在那住了几日，他把昔日的朋友、尊长、晚辈都召来，共同欢饮十几日。一天正喝得兴起，刘邦一面击筑，一面情不自禁地唱起《大风歌》：

大风起兮云飞扬，

威加海内兮归故乡，

安得猛士兮守四方。

这首《大风歌》抒发了汉高祖刘邦在战胜项羽，成为汉朝开国皇帝之后的那种既感怀往事、踌躇满志，又担忧江山不稳、高处不胜寒的复杂心情。情发于心中、流于诗外，慷慨悲壮，流韵千古。

成也萧何，败也萧何

韩信经萧何举荐被刘邦任明为大将军，为汉朝的建立立下很大功劳，汉朝建立后被封为楚王。但刘邦害怕在自己死后，政权旁落他人，为了刘姓政权的长治久安，也为了让人民休养生息，便决心铲除隐患。于是，在萧何的协助下，刘邦削除了异己。民间由这个故事概括出"成也萧何，败也萧何"的俚语，比喻事情的成功和失败都是由同一个人造成的。

汉高祖白登被围

　　刘邦称帝后，分封了七个异姓诸侯王，韩王信被封到晋阳。不久，韩王信就上奏刘邦，说晋阳离边疆太远，不利于守御，请求将王都迁到更往北的马邑。刘邦准许了。然而让韩王信意想不到的是，匈奴单(chán)于冒顿不但强迫北方的各少数民族臣服，而且趁中原战乱之际将秦朝蒙恬收复之地都占领了，而且又向北扩大了地域。此时的匈奴，就是拿汉朝全国的力量也不一定能战胜，更何况一个诸侯国。韩王信与匈奴交战，败多胜少。公元前201年，冒顿率军40万之众南下，围攻韩国都城马邑。

　　韩王信一面固守城池，一面派出使者向朝廷求救。然而刘邦接到边关急报后认为，匈奴不过是塞外的野蛮部族，并未重视，派出的军队也因路途遥远、天气寒冷而行走缓慢。见朝廷大军迟迟不来，而且匈奴攻势越来越猛，韩王信就没有禀报刘邦，擅自向匈奴求和。得到这个消息后，刘邦马上派使者责备韩王信。韩王信害怕刘邦治他的罪，向匈奴投降了。这样冒顿占领了马邑，又继续向南进攻，围住晋阳。

　　公元前200年的冬天，刘邦亲率30万大军出征匈奴，同时镇压叛乱。大军从长安出发，不久在铜革大败韩王信主力，韩王信投奔匈奴，他的部将曼丘臣、王黄收拾残兵败将重整旗鼓，屯兵广武至晋阳一带，企图阻挡汉军北进。汉军乘胜追击，在晋阳打败韩王信与匈奴的联军，收复晋阳等地区。

　　虽然刘邦节节胜利，但冒顿并不气馁。探知刘邦主力人马正在向晋阳进发时，他把精兵隐蔽在白登山，而把老弱残兵安排到阵前，并让他们假装溃败，引诱汉军中了埋伏。

　　刘邦率大军驻扎在晋阳。此时正是寒冬十月，天气特别冷，中原的兵士没碰到过这么冷的天气，不少人冻坏了，严重的竟冻掉了手指。加上远途劳顿，士气低落。因此刘邦想尽快打败匈奴回都城。

　　为了安全起见，刘邦并未马上寻找匈奴主力作战，而是多次派出大批使者去探察匈奴的动向。使者回来报告说，一路上见到的匈奴人，都是老弱病残，连马牛等畜生，也好像好多天没吃过草或者刚刚经历了一场瘟疫。刘邦怕这些兵士的侦察不可靠，又派刘敬到匈奴营地去刺探。

　　"我们看到的匈奴人的确都是些老弱残兵，但我认为冒顿一定是把精兵埋伏起来，陛下千万不能上这个当。"

　　刘敬回来后向刘邦报告说。

　　此时刘邦求胜心切，根本听不进刘敬的

劝告，反而将其痛骂一顿，囚禁了起来。

刘邦带领骑兵快速前进，没等步兵赶上时就到了平城。他们刚进入平城，突然四下里涌出无数匈奴兵来，个个人强马壮，原来的老弱残兵全不见了。刘邦拼命杀出一条血路，退到白登山。冒顿单于马上派出40万精兵，把白登山团团围住。经过七昼夜，刘邦率领的人马完全孤立，城中跟城外联系不上，消息也传递不出，因此得不到救援，危在旦夕。

最后，刘邦采用陈平的密计，派出秘密使节，从小路找到匈奴大营，晋见冒顿单于的王后，送上贵重礼物，请她在单于面前说些好话。

当天晚上，王后对冒顿说：

"两国君王不应该互相围困。我们占领了汉朝地方，事实上不能长久居住；再说，汉朝皇帝也有人会来救他。咱们不如早点撤兵回去吧！"

冒顿本来与韩王信部将王黄、赵利约定，共同在白登合击汉军，见他们迟迟未到，加上汉军的援军即将到达，害怕腹背受敌，于是就听了王后的话，第二天一清早，就下令将包围网撤开一角，放汉兵出去。

刘邦一口气逃回广武，特赦了刘敬，对他说：

"我没听你的话，弄得在白登被匈奴围了起来，差点儿不能和你见面了。"

刘邦知道自己没有力量再去征服匈奴，只好收兵回到长安。

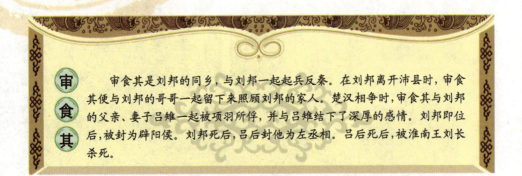

审食其是刘邦的同乡，与刘邦一起起兵反秦。在刘邦离开沛县时，审食其便与刘邦的哥哥一起留下来照顾刘邦的家人。楚汉相争时，审食其与刘邦的父亲、妻子吕雉一起被项羽所俘，并与吕雉结下了深厚的感情。刘邦即位后，被封为辟阳侯。刘邦死后，吕后封他为左丞相。吕后死后，被淮南王刘长杀死。

扫码查看
☑ 中华故事
☑ 典故趣闻
☑ 能力测评
☑ 学习工具

汉高祖晚年宠爱戚夫人。后来戚夫人生了一个男孩，取名如意，被汉高祖封为赵王。这个如意说话做事很像汉高祖，因此很讨汉高祖的喜欢。而吕后所生的太子刘盈则软弱怕事，汉高祖怕刘盈将来不能成大事，因此萌生了废太子刘盈，改立如意为太子的想法。

吕后得知刘邦的想法后，偷偷找到张良，求他帮忙，还为太子刘盈请来了四个号称"商山四皓"的老人。因此当汉高祖和大臣们商量另立太子的事时，大臣们都反对，"商山四皓"更是为刘盈说好话，甚至连张良也不同意。

看到这种情况，刘邦知道不可能废太子立如意了，就无奈地对戚夫人说："太子有了帮手，翅膀已经长硬了，没有法子改变了。"

戚夫人听了，也只有伤心而已。

淮南王英布谋反后，汉高祖亲自率兵平叛。虽然英布被消灭，但汉高祖却受了箭伤。回到长安后病情加重了，这时有人偷偷地对他说："樊哙和吕后串通一气，只等皇上一死，就打算杀掉戚夫人和赵王如意。"

汉高祖一听大怒，把陈平和将军周勃召进宫来说："你们赶快去砍下樊哙的头来见我。"

因为樊哙正带兵在燕国，所以陈平、周勃便奔向燕国，路上两人商量说："樊哙跟随皇上这么多年，功劳很大，又是皇后的妹夫，咱们可不能随便杀他。现在皇上生气说要杀他，以后要是后悔了，怎么办？"

于是陈平、周勃在燕国将樊哙关在囚车里，送到了长安。后来樊哙果然被吕后放了。

不久，汉高祖的病情更加严重了，于是他将朝廷重臣和吕后聚集在一起，吩咐手下人宰了一匹白马，要大臣们歃（shà）血为盟。大臣们在汉高祖面前起誓：

"从今以后，不是皇族成员不得封王，没有战功的人不得封侯。违背这个盟约的，大家共同讨伐他。"

看着大臣们宣了誓，汉高祖才放下心来。然后汉高祖又把吕后叫过来，交代后事。看着弥留中的刘邦，吕后问他朝廷重臣的安排。

"皇上死后，萧相国要是死了，由谁来接替呢？"

"曹参。"

"曹参之后谁能接手呢？"

"王陵可以，但他智谋不足，可以由陈平辅佐。陈平虽然有智谋，但不能独当一面。周勃虽然不善言谈，但为人忠厚，办事慎重，将来可以安定刘氏江山。"

吕后又追问以后怎么办，刘邦摇摇头说：

"以后的事不是你能管的了。"

公元前195年，汉高祖死去。吕后把消息封锁了起来，想派她的心腹大臣审食其把汉高祖手下的大臣杀掉，审食其觉得这件事不

好办,就想让吕后的哥哥吕释之做帮手。结果吕释之的儿子吕禄把这个秘密消息泄露给他的好朋友郦寄,郦寄又偷偷地告诉他父亲郦商。在郦商的一番劝说下,审食其害怕性命不保就又找到吕后,劝说她不要这样做。吕后也觉得杀大臣这件事没有把握,就下了发丧的命令。

汉高祖葬后,太子刘盈即位,就是汉惠帝。吕后就成了皇太后。

由于汉惠帝老实无能,吕太后便处处干涉朝政,将大权逐渐掌握在手中。利用手中的权力,吕太后先将戚夫人罚做奴隶,又派人把赵王如意从封地召回长安。

汉惠帝知道太后这是要害死如意,于是亲自把如意接到宫里,和他同吃同睡觉,以防吕太后下手。

有一天清晨,汉惠帝起床出外练习射箭。他本想叫如意一起去,可看如意正睡得香甜,不忍叫醒他,便自己出去了。等他回宫,如意已经被毒死在床上了。

毒死如意后,吕太后还残酷地把戚夫人做成人彘,扔在猪圈里。

看见戚夫人被太后折磨成这个样子,汉惠帝大叫:

"这不是人做出来的事! 我是你的儿子,我没脸再掌管天下了!"

因而大病一场,从此便不理朝政。

白 马 之 盟 的 意 义

刘邦与大臣杀白马而盟,其实是以秦亡的历史为借鉴,将所有不是刘姓的诸侯王都消灭,以一批功勋卓著的布衣将相功臣为基础,这也就是刘邦为巩固刘氏统治采取的最后一个影响深远的策略。白马之盟的本意是巩固汉家天下,但却反而因为过于依赖同姓王而使刘姓诸侯实力大增。结果刘邦白马之盟的初衷没有实现,只作为遗言留了下来。

缇萦写奏章救父

汉惠帝刘盈因看见母亲吕太后残忍地对待赵王如意和戚夫人，吓得大病了一场，从此就不理朝政，因此吕太后掌握了朝中大权。汉文帝的母亲薄太后因汉高祖刘邦在位时不得宠，又出身低微，害怕在宫里受到吕太后的迫害，因此就要求去代郡和儿子住在一起。在那里，他们娘俩体会到了百姓的疾苦，并了解到百姓对连坐罪的看法。

汉文帝即位不久，就对国家进行了一番整顿。他首先要整顿的就是国家的法律。一次在朝堂上，他问大臣们：

"一个人犯罪，治他一个人的罪就行了，为什么还要将他的父母妻儿一起治罪呢？我看这种法令没有什么好处。你们商议一下该怎么办。"

大臣们商议了一阵，然后按照汉文帝的意思，将一人犯法、全家连坐的法令废除了。全国百姓都对汉文帝的这一举动表示称赞。

公元前167年的一天，汉文帝接到一道奏章，上面写着：

"我叫缇(tí)萦(yíng)，是原太仓令淳于意的小女儿。我父亲做官的时候，当地的百姓都说他是个清官。现在他犯了罪，我觉得父亲是冤枉的。现在父亲已经被押到了长安，要被处以肉刑(当时的肉刑有脸上刺字、割去鼻子、砍去左足或右足等)了。我不但为父亲难过，还为所有受肉刑的人伤心。一个人犯了罪被割去鼻子就不能再长上了；被砍去脚就成了残废。就是以后想改过自新，也没有办法了。为了不让父亲成为残废，我情愿到官府做奴婢为父亲赎罪，请陛下给我父亲一个改过自新的机会。"

汉文帝知道上奏章的是个小姑娘，很重视这件事情，就派大臣下去调查一下。

　　大臣调查后回来禀告汉文帝：小姑娘缇萦的父亲淳于意，本来是个读书人，因为喜欢医学，经常给人病，出了名。后来淳于意做了太仓令，但他不愿意跟做官的来往，也不会拍上司的马屁。于是干脆辞了官，当起医生来了。因为他医术高明，深受百姓尊敬，人们从四面八方，长途跋涉，前去求医。

　　有一次，有个大商人的妻子得了重病，请淳于意到家诊治。淳于意诊断后知道病人已病入膏肓，无药可救。但是，大商人再三恳求，淳于意只好勉强给她服几副草药。不久，大商的妻子如淳于意所料，病重逝世。但是，大商人仗势欺人向官府告了淳于意一状，说他错开药方，把病人医治死了。昏庸的官吏判他"肉刑"，要把他押解到长安去受刑。

　　淳于意离开家、被押解到长安去的时候，望着妻子和五个女儿直叹气。

　　"唉，可惜我没有儿子，遇到困难时，一个也帮不上忙。"

　　其他人听了淳于意这句话更加泣不成声了，小女儿缇萦一边哭一边

自言自语：

"难道我真的什么忙也帮不上吗？"

想了一会儿，她便提出要和父亲一起去长安，家人再三劝阻也没有用。

历尽千辛万苦，缇萦父女俩终于到了长安。缇萦听说汉文帝曾下旨准许人民如有冤情，可以直接写奏章申诉，因此，缇萦请人代拟奏章，向皇帝陈述冤情。

听了大臣的叙述，汉文帝对缇萦又佩服又同情。于是他召集大臣们说：

"犯了罪就应该受罚，这是无可厚非的。可是受了罚后也该给他重新做人的机会。可是现在的这种肉刑虽惩罚了犯罪的人，但却损害了人的身体。这还怎么让犯了罪的人重新改过呢？你们商量一个代替肉刑的办法吧！"

大臣们一商议，想出了一个把肉刑改为打板子的办法。原来判砍去脚的，改为打五百板子；原来判割掉鼻子的，改为打三百板子。

汉文帝觉得这个办法可行，就正式下令废除肉刑。这样，缇萦就救了她的父亲。

由于缇萦的仗义执言，汉文帝改了刑罚，犯人不必再受刺字、割鼻或砍脚之苦了。更重要的是，缇萦不怕千辛万苦、为父申冤的孝心，使她成为孝道的典范。

班固赞缇萦诗

缇萦上书救父的孝行，万古流芳，成为后世孝道的典型。班固为称赞缇萦特作诗一首：

三王德弥薄，惟后用肉刑。太仓令有罪，就递长安城。

自恨身无子，困急独茕茕。小女痛父言，死者不可生。

上书诣阙下，思古歌《鸡鸣》。忧心摧折裂，晨风扬激声。

圣汉孝文帝，恻然感至情。百男何愦愦，不如一缇萦。

替罪羔羊晁错

汉文帝时,有个叫晁(cháo)错的人曾向张恢先生学习先秦法家申不害和商鞅的学说。因为他通晓文献典籍,后来当了太常掌故。汉文帝任命他为太子舍人、门大夫、太子家令。因为他善于分析问题,口才又好,深受太子的欢迎,太子称他为"智囊"。

汉景帝即位后,任命晁错为内史。因为晁错多次向汉景帝陈述治国安邦的见解,使得汉景帝非常喜欢他。丞相申屠嘉对晁错心怀不满,因此伺机想要加害他。一次,申屠嘉借晁错凿开太上庙的围墙一事向汉景帝上奏,请求把晁错交给廷尉处死。但因汉景帝说晁错凿开太上庙的围墙不算犯法,使得申屠嘉一气之下病死了,而晁错也更加显贵了。

申屠嘉死了之后,晁错被提升为御史大夫。这时吴王刘濞等诸侯的势力很大,朝廷已经不能约束他们了。晁错认识到问题的紧迫性,于是向汉景帝上书:

"吴王刘濞因为太子在下棋时打死他的儿子而心怀怨恨,便谎称有病,不来朝见,按法律本应处死。文帝对他很宽大,但吴王不改过自新,反而更加狂妄,竟公然开铜山铸钱,煮海水熬盐,还招募亡命之徒,蓄谋反叛作乱。因此应削减他们的土地,收回他们的旁郡。对于吴王刘濞,削他的封地会反,不削他的封地也要反。削他的封地,反得快,祸害小;不削他的封地,反得迟,祸害大。"

汉景帝觉得晁错的话很有道理,于是决定:削夺赵王的常山郡、胶西王的六个县、楚王的东海郡和薛郡、吴王的豫章郡和会稽郡。同时晁错还修改了三十条法令。这样一来,诸侯王们都起来强烈反对,对晁错也更加憎恨了。

晁错的父亲听到这个消息,便从老家颍川赶来,对晁错说:

"皇上刚刚即位,你在朝廷当政,削诸侯王封底,使皇室骨肉之亲疏远,引起大家的怨恨,你这是为什么呢?"

"必须这样做呀!否则皇上就不受尊敬,国家就不得安宁。"

"刘家的天下安宁了,而晁氏家族却危险了。我老了,不愿意看到大祸临头。"

说完晁错的父亲便服毒药死去。

朝廷讨论削吴国封地的消息传到吴国,吴楚七国果然反叛,史称"吴楚七国之乱",他们用"请诛晁错,以清君侧"的名义,指挥大队人马,浩浩荡荡,向西进发,气焰一度颇为嚣张。

七国叛乱的消息传到朝廷,汉景帝一时慌了手脚。而晁错则认为除了镇压叛军,没有其他的办法,建议景帝亲征。正在晁错同汉景帝商量去讨伐叛军时,与晁错势不两立的袁盎进宫来了。汉景帝一见袁盎,就问:"你过去曾任吴国的丞相,了解他们的情况吗?他们为什么要反叛朝廷?有什么好的办法吗?"袁盎答道:"皇上不必担心,臣有办法让他们马上退兵。"汉景帝又问:"你有什么办法?"袁盎回答:"请皇上让晁错避开。"于是汉景帝让晁错退下。

"吴楚所发书信说,是晁错揪着他们的过错不放,削夺他们的封地,他们以这个为借口造反,要杀晁错,恢复原来封地。当今之计,只有杀了晁错,派使者宣布赦免吴楚七国,恢复被削夺的封地,他们就统统罢兵了。"

"如果他们真能够撤兵,为了对得起天下,我不会爱惜某一个人。汉景帝权衡了一会儿说道。

接着,朝廷上一些大臣联名上了

一份弹劾晁错的奏章，指责晁错提出的由景帝亲征的主张是大逆不道的，应该把晁错腰斩，并杀他全家。汉景帝为了求得一时苟安，不顾多年对晁错的宠信，昧着良心，批准了这道奏章。

一天，景帝派中尉到晁错家，传达命令骗晁错说让他上朝议事。晁错穿上朝服，跟着中尉上车走了。车马经过长安东市，中尉停车，忽然拿出诏书，向晁错宣读，后面一群武士就一拥而上，把晁错绑起来。晁错就这样被腰斩了。

汉景帝杀了晁错后，立即任命袁盎为太常、吴王的同宗子弟德侯刘通出使吴国。到了吴国后，刘通先进去见吴王刘濞，让他拜受诏书。刘濞狂妄地大笑。

"我已经为东帝，还拜什么诏书？"

这时，邓公从前线回来向汉景帝汇报军情。汉景帝问他说：

"你从前线回来，在得知晁错已被诛杀的消息后，吴楚等国的军队退兵没有？"

"吴王为了造反已经准备了几十年了。现在他不过是以封地被削、诛杀晁错为借口而已，他的本意并不是杀了一个晁错，而是要夺取天下。陛下把晁错杀了，我担心天下的士大夫从此就会闭口，不敢进言了！"

听了邓公的分析，汉景帝如梦方醒，但后悔已经来不及了。汉景帝马上出兵平定叛乱。在周亚夫等各路军队的攻击下，吴王刘濞兵败被杀，其他六个叛王有的畏罪自杀，有的被处死。不到三个月时间，汉军就把七国的叛乱平定了。

"无双国士"袁盎

袁盎曾任过吴国相，接受过吴王刘濞的贿赂。晁错当了御史大夫以后，派人审查过袁盎受贿案件，要治他的罪。汉景帝从宽发落，削职为民。吴楚七国反叛的消息传到长安后，晁错怀疑袁盎参与叛乱的阴谋还要进一步治袁盎的罪。袁盎知道后惊恐万分，连夜去见大将军窦婴，商量对策。窦婴也是晁错的对头，他们决定以谋害晁错的办法，来保护袁盎。

周亚夫细柳阅兵扬英名

汉文帝即位以后，继续跟匈奴贵族采取和亲的政策，双方一直也没有发生大规模的战争。但是后来匈奴的单于听信了奸臣的挑拨，跟汉朝断绝了关系。公元前158年，匈奴入侵上郡和中郡，杀了不少老百姓，抢掠了不少财物。边境的烽火台陆续点起烽火来报警，远远近近的烽烟，连长安都望得见。为了抵抗匈奴，汉文帝派中大夫令免为车骑将军屯兵飞狐，派原楚相苏意为将军屯兵句注，派将军张武屯兵北地；为防备匈奴入侵京都长安，汉文帝又派了三路军队在长安附近布防；宗正刘礼驻守在灞上，祝兹侯徐厉驻守在棘门，河内太守周亚夫则守卫细柳。

为了鼓舞士气，汉文帝亲自到三路军队里去犒劳慰问，顺便也去视察一下。

汉文帝先来到灞上。刘礼军营的前哨见皇上的车马来了，一边通报刘礼一边放行。接到通报后，刘礼一边命将士列队迎接，一边率主将慌慌张张地骑着马出了营门来迎接。汉文帝的车驾驶进军营，没有受到任何阻拦。

汉文帝在营中慰劳了一阵就走了，刘礼亲率全军送到营寨门口。

接着，汉文帝又来到棘门。在这里也受到了隆重的迎送仪式。

最后，汉文帝来到细柳，只见将士们都披戴盔甲，兵器锐利。

周亚夫军营的前哨见远远有一队人马过来，立刻报告周亚夫，同时将士们弓上弦，刀出鞘，完全是随时准备战斗的样子。

汉文帝的先遣队来到营门口却被拦住了。先遣的官员厉声地喝了一声：

"皇上马上驾到！"

"将军有令：'军中只听从将军的命令，不听从天子的诏令。'"把守军营的将官回答。

先遣的官员正要同把守军营的将官争执，汉文帝的车驾已经到了。把守军营的将官照样挡住不让进入。

汉文帝只好命令侍从拿出皇帝的符节，派人通报周亚夫说："皇上要进营来慰劳将士。"接到皇上的符节周亚夫才命令将官将营门打开放汉文帝进来。

护送汉文帝的人马刚一进营门口，守营的士兵就严肃地告诉汉文帝的随从："将军有令：军营之中车马不许疾驰。"

汉文帝侍从的官员都很生气，但也只好控制着缰绳，不让马走得太快。

到了军中大帐前，周亚夫全身披戴着盔甲，手里拿着兵器出来迎接。他威风凛凛地站在汉文帝面前，拱拱手作了个揖。

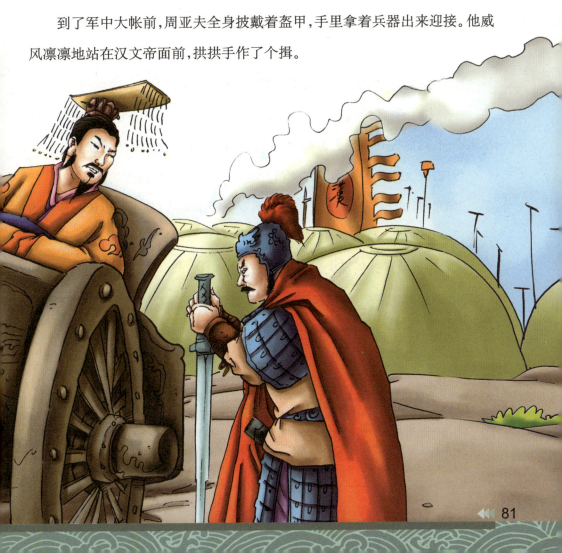

"臣身穿盔甲,不能下拜,请陛下允许臣以军中之礼拜见。"

汉文帝听了很受感动,马上改变了原定的仪式,神情严肃地俯身靠在车前横木上,派人说:

"皇上特前来营中慰劳将士。"

慰问结束后,汉文帝离开细柳,在回长安的路上,汉文帝的侍从人员都对周亚夫的举动表示惊讶,他们认为周亚夫对皇帝实在是太无礼了。

汉文帝赞叹地说:"这才是真正的将军呀!刚才看过的灞上和棘门的军队,松松垮垮的,毫无戒备之心,简直就跟孩子们闹着玩儿一样。如果敌人来偷袭,恐怕他们的将军也要被俘虏了。可是周亚夫将军怎么可能有机会被敌人偷袭呢?"

此后的很长时间里,汉文帝都对周亚夫赞叹不已。

一个多月后,前锋汉军开到北方,匈奴退兵了。汉文帝将守卫长安的三路军队撤回,然后提升周亚夫为中尉,掌管京城的兵权,负责京师的警卫。

后来,汉文帝得了重病。在弥留的时候,他把太子叫到跟前,说:

"如果将来国家发生动乱,可以让周亚夫统率军队,他是可以放心使用的将军。"

汉景帝即位后让周亚夫做了骠骑将军。

耿直的周亚夫

汉景帝刚开始对周亚夫非常器重,后来有两件事让汉景帝疏远了周亚夫。一件是窦太后想让汉景帝封皇后的哥哥王信为侯,但周亚夫说:"高祖说过,'不姓刘的不能封王,没有功劳的不能封侯',如果封王信为侯,就是违背了祖训。"因此得罪了窦太后。另一件是汉景帝想封归顺汉朝的匈奴将军唯许卢等五人为侯,但周亚夫反对说:"如果把这些背叛国家的人封侯,那以后我们如何处罚那些不守节的大臣呢?"因此又让汉景帝很不高兴。

金屋藏娇

扫码查看
☑ 中华故事
☑ 典故趣闻
☑ 能力测评
☑ 学习工具

　　文帝死后，他的儿子刘启即位，就是汉景帝。汉景帝继续推行文帝时期的政策，鼓励发展农业生产，出现了"文景之治"的繁荣景象。随着时间的推移，景帝也要准备立太子了。但薄皇后却没有生下一儿半女。遵照"立长"的传统，汉景帝废黜薄皇后，打算立宠妃栗姬所生的皇长子刘荣为太子。

　　得知汉景帝要立长子刘荣为太子后，馆陶长公主打算将女儿陈阿娇许配给太子刘荣，以期日后成为皇后。

　　馆陶长公主是汉景帝唯一的同母姐姐，母亲是窦太后，丈夫是出生在汉朝开国功勋贵族之家的堂邑侯陈午，因此馆陶长公主是当时朝廷中举足轻重的人物。

　　馆陶长公主派人将想把女儿嫁给刘荣的意思转告给栗姬。但栗姬却因为馆陶长公主经常给汉景帝进献美女而恼怒，断然拒绝了馆陶长公主。馆陶长公主知道后非常生气，于是起了撺掇皇帝废太子刘荣之心。

　　而此时，后宫王娡(zhì) 王美人发现了馆陶长公主与栗姬不和，于是就百般讨好馆陶长公主，打算为儿子刘彻谋求太子宝座。

　　为了让女儿成为一国之母，也为了报复栗姬，馆陶长公主把目标转向了年幼却聪慧的胶东王刘彻，从而全面支持他，并经常说栗姬的坏话。

　　一次，汉景帝想试探一下栗姬，就说：

　　"我百年后，你要善待后宫的人，千万别忘记了。"

　　汉景帝一面说，一面暗暗地观察栗姬的反应。谁知栗姬听后马上拉下脸，半天不发一言，并且转过脸不看汉景帝。汉景帝暗中叹气，决定听从姐姐的意

见，废刘荣重立太子。

后来汉景帝找借口将太子刘荣贬为临江王，将栗姬打入冷宫；然后立刘彻为太子、王娡为皇后。

一次，馆陶长公主抱着刘彻问：

"彻儿长大了要娶媳妇吗？"

"要啊。"

长公主于是指着左右一百多个宫中侍女问刘彻想要哪个，刘彻说"都不要"。

最后长公主指着自己的女儿陈阿娇问：

"那阿娇好不好呢？"

"好啊！如果能娶阿娇做妻子，我会造一个金屋子给她住。"

刘彻笑着回答。

馆陶长公主见阿娇和刘彻年纪相当，从小相处和睦，感情也融洽，就同意陈阿娇和刘彻正式订立婚约。

汉景帝死后，刘彻即位，即汉武帝。坐上皇位之后汉武帝履行了自己的诺言，他真的为阿娇备下了一座金碧辉煌的宫殿，并册封她为皇后。

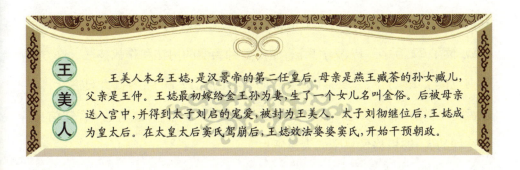

王美人本名王娡，是汉景帝的第二任皇后。母亲是燕王臧荼的孙女臧儿，父亲是王仲。王娡最初嫁给金王孙为妻，生了一个女儿名叫金俗。后被母亲送入宫中，并得到太子刘启的宠爱，被封为王美人。太子刘彻继位后，王娡成为皇太后。在太皇太后窦氏驾崩后，王娡效法婆婆窦氏，开始干预朝政。

东方朔

作为历史上一位有作为的皇帝，汉武帝一即位，就号召天下向朝廷举荐贤良之士。凡是品行端正、有文学才能或特殊才能的读书人，只要有好的治国方略，能够指出朝政的得与失，皇上都会根据他的才能，授予相应的官职。

于是天下的士人、儒生，自恃一技之长，纷纷跑到长安，毛遂自荐，献计献策。汉武帝为了招待这些天下的才俊，专门设置一个机构——"公车署"，同时也对这些人才进行严格筛选。

这时，有个相貌英俊的高个子年轻人来到长安，给汉武帝送来"三千奏牍"。这个人就是东方朔。

负责处理此事的公车令让两个身强体壮的侍卫，连抬带抱，费了九牛二虎之力，才把这"三千奏牍"送到了宫里。这"三千奏牍"，汉武帝花了两个月的时间才读完。

在这"三千奏牍"中，东方朔是这样推荐自己的：我东方朔自幼父母双亡，是哥哥嫂子把我抚养成人的。我13岁才开始读书，虽然读书读得比较晚，但我勤学刻苦，三个冬天读的文史书籍已够用了。我15岁学击剑，16岁学《诗》《书》，读了22万字。19岁学兵法，懂得各种兵器的用法和作战技法。这方面的书也读了22万字，总共44万字。如今我已经22岁了，身高九尺三寸。我像孟贲一样勇敢，像庆忌一样身手敏捷，像鲍叔一样廉俭，像尾生一样守信义。我这样的人，够资格做皇帝的大臣吧！

读了东方朔这个自夸自赞的推荐书，汉武帝很赞赏东方朔的气概，就命令他在公车署中待诏。

可是很长时间过去了，东方朔都没有看见汉武帝，也没有受到汉武帝的召见，东方朔很不满意。一天，东方朔看见了一个小矮人，于是就故意对他说：

"你的死期就要到了！"

"为什么？"小矮人大吃一惊地说。

"你既不能种田，又不能打仗，更没有治国安邦的才华，对国家毫无益处，因此皇上打算杀掉你。"

小矮听了吓得大哭起来。

"你不要哭了，一会儿皇上过来时你向皇上求求情吧。"

正说着，汉武帝从远处过来了。看见小矮人在大哭，汉武帝说问：

"为什么哭？"

"刚才东方朔说皇上要杀掉我呢！"

汉武帝责问东方朔：

"我什么时候说要杀掉他了？"

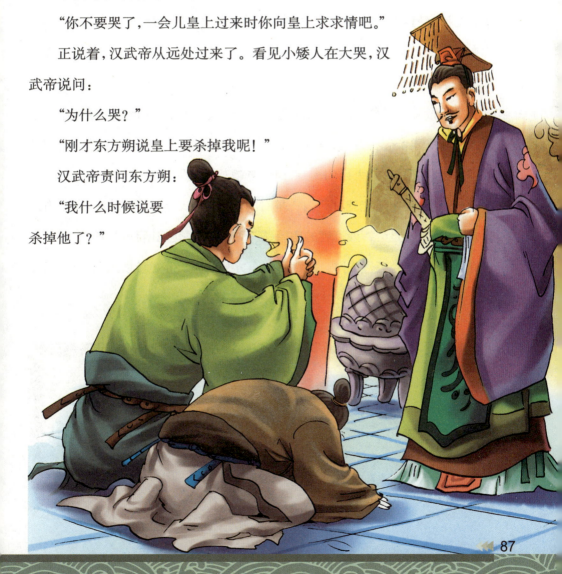

他风趣地说："我是不得已才这样说的。他身高三尺，我高九尺，所挣俸禄却一样多。他撑得要死，我却要饿死。皇上如果觉得我是个人才，就重用我，如果觉得我不是人才，就干脆让我回家吧，我不愿再白白耗费京城的白米。"

东方朔一番风趣的话，说得汉武帝捧腹大笑，于是任命他为待诏金马门，不久又升为侍郎，陪在汉武帝身边。

汉武帝喜欢游戏，朝政不忙时，经常出一些谜语让侍从猜。

一天，汉武帝把一只壁虎放在一个盆里让大臣们猜是什么。大臣们猜了半天也没有猜对。东方朔上前猜说："是龙吧，没有角；是蛇吧，还有脚。看它能在盆子壁上爬，不是壁虎就是四脚蛇。"接着汉武帝又出了几个谜语，东方朔都猜对了，因此得到了很多奖赏。

汉武帝喜欢微服出巡，打猎游玩，因此也践踏了不少田地，百姓都怨言不断。后来汉武帝想在方圆百里的良田上修建一个皇家林苑，这个想法得到了很多想巴结汉武帝的大臣的支持，但东方朔却不赞同。

"有三个理由不能建林苑。一是对国家没有益处，而且会破坏环境，占用百姓的田地；二是会拆毁百姓的房屋，破坏他们的墓地，让百姓生没有居所，死没有墓葬；三是会劳民伤财。"汉武帝被东方朔的胆识和忠诚所感动，下令赏赐黄金百斤，并任命他为太中大夫给事中。

汉武帝与窦太后

在汉武帝执政初期，由于和祖母窦太皇太后在政见上有分歧，汉武帝几乎丢了皇位。窦太皇太后逼迫汉武帝废除了刚刚实行的一系列的改革措施，罢免了汉武帝任命的丞相和太尉，有的大臣甚至被逼死在狱中。后来汉武帝开始四处游荡射猎，不问朝中事情。但是皇后陈阿娇作为窦太皇太后唯一的外孙女极受窦太皇太后宠爱，再加上陈家以及馆陶长公主的全力支持，汉武帝才有惊无险地保住帝位。

董仲舒

汉武帝即位之初，他的祖母窦太皇太后仍然健在，朝廷大事都要得到她的同意才能执行。汉武帝想改文景时期"无为而治"的治国策略，但因为窦太皇太后好"黄老之学"而没能实行。这时整个汉朝的主要治国思想就是道家的"无为而治"的思想，同时还有法家的思想。这种思想上的不统一造成国内分裂势力的抬头。汉武帝曾经想用儒家思想来统治国家，可是那时他还没有完全掌握实权。在他握有大权后，于公元前134年又再次下诏征求治国方略。儒生董仲舒向汉武帝系统地提出了"罢黜百家，独尊儒术"的主张。汉武帝听后大喜，立刻采用儒家文化统一全国的思想。这样一来，既有利于国家中央集权的实施，也有利于中华民族的统一。

董仲舒是西汉一位思想家、儒学家。他一生经历了文景之治、汉武盛世，这是西汉王朝的极盛时期。当时社会政治稳定，经济繁荣，学术自由，国力空前强盛，人民安居乐业。在这样的背景下，董仲舒走上了仕学之路。

董仲舒自幼开始学习《春秋》，而且学习异常勤奋，几十年如一日，是中国历史上第一个"两耳不闻窗外事，一心只读圣贤书"的儒生。他陶醉于圣经贤传之中，简直到了如醉如痴的地步。经过学习，董仲舒学通五经，并擅长议论，写了一手好文章。董仲舒还多见识广，知道许多稀罕奇怪之事。此外，董仲舒还具有高尚的道德修养、优雅的言谈举止。因董仲舒博学多才，品学兼优，不少有志青年都前来求学。

大泽乡起义爆发后，儒生们都背着孔子的礼器投奔了陈胜，想使儒学重振雄风。

刘邦建汉后，儒生们又转投汉朝，因此汉朝也像秦朝一样设置了博士这一官职，以安置这些儒生。汉高祖曾起用叔孙通制定朝廷礼仪。汉高祖虽然体会到了儒家思想的益处，但因忙于平定各地叛乱，所以没时间大力发展儒学。

文帝和景帝时，"文帝好刑名"，"景帝不任儒"，又因为窦太后很信道教，因此儒生们不仅始终无用武之地，而且经常有触忌犯讳的忧虑。

此时的董仲舒也没有出来做官，而是等到时机。但他并没有消极避世，他一方面广招门徒，培养了一批精通儒学的人才；一方面留意朝廷用人的变化，潜心地研究百家学说，特别是深研汉初以来统治者尊崇的"黄老之学"。

汉武帝即位后，一改文景时期"无为而治"的治国策略。在对待匈奴时采取和亲政策的同时，汉武帝也在做全力反攻匈奴的准备。在朝廷内部，他也决定实行改革。

汉武帝第一次召董仲舒时就曾问过治国良策，此后汉武帝就此问题又向董仲舒询问过两次。每一次询问，董仲舒都会呈上一篇对策。这些对策的中心议题都是"天人关系"问题，所以后世就将这些对策统称为"天人三策"。

董仲舒在此基础上又进一步提出天人感应论。他认为帝王受命于天，是秉承天意统治天下的，因此成为"天子"，所有人都要严格服从皇帝。按照这个说法，帝王自然就具有绝对的统治权威，这是汉武帝最需要的精神武器。董仲舒这一理论对巩固皇权、构建统一的政治局面非常有利。此外，董仲舒还向汉武帝提出了几大建议。

第一，规定朝廷礼制，以约束官僚贵族的言行举止；第二，创办太学，重视选举；第三，宣扬天人学说，以约束和警醒人民；第四，禁止地主豪强霸占民田，以防止土地兼并；第五，罢黜百家，独尊儒术，以统一全国人民的思想。

汉武帝对董仲舒的这些对策十分重视，并派人落实。

公元前130年，辽东高庙和长陵高园殿发生火灾，董仲舒按照阴阳灾异理论写成了《灾异之记》草稿。在《灾异之记》中，董仲舒认为朝廷在辽东建高祖庙的行为不合礼制，这次起火是天的警告；还指出汉武帝应立即改革吏治，斩杀贪官污吏。后来，主父偃偶然间看见这篇草稿，因为嫉妒董仲舒，所以将《灾异之记》草稿偷出来后上奏给了朝廷。汉武帝立即召集儒生讨论。因草稿中有讽刺时政的文字，汉武帝一怒之下，把董仲舒打入了大狱。后来汉武帝看重他是著名的经学大师，又下诏赦免其罪，任命董仲舒为中大夫。但董仲舒很快又被他的同窗公孙弘排挤出朝廷。公孙弘十分嫉妒知识渊博的董仲舒。后来公孙弘因精于为官之道而官至相国，董仲舒对他很不屑，这让公孙弘对他更加怨恨。

后来，在一个适当的机会，董仲舒被公孙弘举荐为胶西王的相国。公孙弘本想利用为人残酷的胶西王刘端将董仲舒置于死地，没想到刘端却对董仲舒很尊敬。但董仲舒仍然担心惹祸上身，因此以病重为由辞去官职。辞官后的董仲舒以讲学著书度日，当时人们称他为"儒者之宗"。

孔 子 的 故 事

颜回是孔子最得意的弟子，一次，孔子让颜回去做饭。饭快要熟的时候，孔子看见颜回居然用手抓锅里的饭吃。孔子故意装作没有看见，当颜回进来请孔子吃饭时，孔子站起来说："食物要先献给长辈吃，怎么可以自己先吃呀？"颜回一听，连忙解释说："夫子误会了，刚才我看见有煤灰掉到锅中，所以把弄脏的饭粒拿起来吃了。"孔子叹息道："人靠眼睛看东西，但眼睛也有不可靠的时候，人靠心来想事情，但心也有不可靠的时候。"

马邑诱匈奴

从汉高祖在白登被围以后，汉朝对匈奴一直采取"和亲"政策。不仅要把皇室的女子嫁给匈奴单于，每年还要送许多财物给匈奴。但即使这样，匈奴贵族也会经常进犯中原，杀害百姓，掠夺东西，扰乱北方地区的安宁。

汉武帝刘彻即位后，西汉王朝的经济得到进一步巩固和发展，军事力量也逐渐雄厚起来。于是，汉武帝打算改变过去与匈奴的和亲政策，主动进攻匈奴，改变这种屈辱的地位。

公元前135年，匈奴的单于又派使者来要求和亲，汉武帝要大臣们议论一下。其中主战派有一个大臣叫王恢，他多年来一直戍守边境，对匈奴比较熟悉，他说：

"战国初期，代国北面有匈奴威胁着，南面有赵国窥视着，然而就是这样一个小国，却能保护人民正常生活，使匈奴不敢轻易进犯。现在，汉朝如此强盛，匈奴却多次骚扰，就是因为汉朝太软弱了，所以应该主动出击匈奴。"

但一些主和派的大臣却不同意对匈奴作战。汉武帝自己也觉得没有把握，只好暂时答应与匈奴和亲。

两年后，马邑地区有个叫聂壹的商人来拜见王恢，说：

"匈奴经常侵犯边界，这是一个潜藏的祸患。趁现在刚与他们和亲的机会，把他们引诱进来，再来一个伏击，准能打个大胜仗。"

"你有什么好主意吗？"

"我经常在边界上做买卖，匈奴人都认识我，而且我和匈奴的高官也有联系。我去对匈奴的单于说：'我能把马邑的县令杀了。然后把县令的脑袋挂在城门上作为信号。你收到信号就带兵进来,那样不仅安全而且没有损失。'只要匈奴带兵直入马邑,咱们的伏兵就可以将匈奴的主力消灭了。"

王恢认为这个计划可行,就禀告了汉武帝。汉武帝正愁没有攻打匈奴的机会呢,听了王恢的话后,马上召集大臣说:

"朕决定要攻打匈奴了。王恢按计划去办。成就成,不成就打出去。大家都作好大战匈奴的准备吧!"

聂壹从匈奴回到马邑城后,汉朝马上进行了具体兵力部署。派护军将军韩安国、轻车将军公孙贺、材官将军李息,率精兵30万埋伏于马邑山谷之中;派将屯将军王恢、骁骑将军李广袭击匈奴背后,截夺粮草。

一切准备妥当后,汉朝按计划将一个死囚犯的头砍下来挂在了城门上,冒充为马邑县令的脑袋。接着,聂壹找到单于使者说:

"马邑县令已经被我杀死,头就挂在城门上,你赶快告诉单于,让他带兵进城。"

单于使者看见城门上真的挂着一个脑袋,就以为真是马邑县令的头,于是急忙回去报告了单于。

匈奴单于见使者回来报信,没有任何怀疑,就率领10万骑兵长驱南下,路上没有遇到汉兵的任何阻拦。在距离马邑城不到百余里的地方,匈奴单于看见漫山遍野都是马匹,但却没有放牧的,觉得很奇怪:没有军队,哪里会有这么多马呢?于是命令大军暂时停下。单于见前面不远有一个亭堡,为了打探消息,就命人围攻亭堡。没几下,亭堡就被攻下,并抓住了一个尉史。这个尉史对马邑伏击计划也略微知道一些,于是就把汉朝的计谋如实地告诉给单于。单于知道后大吃一惊。

"我本来就觉得可疑,现在又抓到汉朝的尉史,这真是天助我也。"于是,单于就赶快命令全军从原路撤回。

本来王恢与李广带3万士兵是要袭击匈奴的粮草的。见单于带兵撤退后,王恢想:匈奴人马没有受到一点损失,而自己只有3万人马,要是硬和匈奴10万精兵交战,恐怕会损失惨重。于是,他没有带兵去追击匈奴。

马邑诱敌战没有成功,而且从此以后,汉朝和匈奴的和亲关系破裂,接连发生了大规模的战争。

倾国倾城的李夫人

汉武帝的宠妃李夫人是当时著名的宫廷艺人李延年的妹妹。在一次宴会上,李延年唱道:"北方有佳人,绝世而独立。一顾倾人城,再顾倾人国。"汉武帝听后长叹一声:"上哪里去找这样的佳人呢?"在一旁的平阳公主说:"李延年的妹妹就是难得的佳人啊!"武帝听后,立即宣李延年的妹妹进宫,一见,果然倾国倾城。

就这样,李延年的妹妹由一首歌引出场,成为汉武帝最宠爱的嫔妃。

飞将军李广

马邑诱敌战失败后，汉朝不再对匈奴实行和亲政策，与匈奴之间的战争越来越频繁。在抗击匈奴的战争中，涌现出无数杰出的将领，李广就是其中一位。

李广是甘肃秦安人，祖先是秦朝将军李信，曾率军战败燕太子丹。李广练习祖传弓法，射得一手好箭。

汉文帝十四年，匈奴大举入侵边关，李广从军抗击匈奴。因箭法精准，杀死和俘虏了许多敌人，被升为汉中郎。汉景帝即位后，李广由陇西都尉升为骑郎将。吴楚七国之乱时，时任骁骑都尉的李广跟随太尉周亚夫抗击吴楚叛军，战功卓著。诸王叛乱平定后，李广被调往西北边境，担任太守一职。

公元前144年，匈奴入侵上郡。汉景帝派一个宠信的宦官同李广一起统率和训练军队抗击匈奴。一天，这个宦官带几十个骑兵在路上遇到三个匈奴兵，在追赶的过程中，几十个骑兵全被射死，那个宦官被射伤后慌忙逃回来报告李广。李广觉得那三个人一定是匈奴的射雕手，于是亲自率领一百多名骑兵追赶。

那三个匈奴人因为没有马而步行，刚行了几十里路就被李广追上了。李广命令骑兵分为两支，从左右两侧包抄，自己则搭弓射向那三人。其中两个匈奴人被射死，另一个人被活捉了。经过审问，那三个人果然是匈奴的射雕高手。李广命人把那人捆绑放在马上带回营中。正在大家要起身回营时，李广发现不远处几千名匈奴骑兵正向这边赶来。

匈奴骑兵发现李广的军队只有一百多人，便认定这是汉军引诱他们出兵的疑兵，大吃一惊，马上上山摆开阵势准备迎敌。李广的部下看到匈奴人这么多人马，又已经摆好了阵势，非常害怕，都想掉转马头往回奔。

李广镇定地说："我们现在距离军营有数十里路，如果我们现在转身往回跑，匈奴兵很快就会追上我们将我们一网打尽；如果我们继续往前走，匈奴兵就会认定我们是引诱他们的饵，反倒不敢来攻击我们。"说完，李广命令所有的骑兵前进，一直走到离匈奴阵地不到 2 里路的地方才停了下来。随后李广命令所有的人都下马卸下马鞍。

他手下的一个骑兵说："匈奴人这么多而且离我们又这么近，一旦有事该怎么办？"

李广说："匈奴人一直跟着我们走，现在我们卸下马鞍表示不走，他们就会更加相信我们是在诱敌深入了。"

匈奴人果真更加相信李广他们是诱饵。这时一名骑白马的匈奴将领出来巡视军营。李广骑上马，带着十几个骑兵，迅速射杀那名将领，然后回到营地，卸下马鞍，各自卧地休息。

匈奴兵始终觉得李广他们可疑，不敢前来攻击。半夜时分，匈奴担心汉军在附近有伏兵，想乘夜袭击他们，便撤兵了。

公元前140年，汉武帝即位，众大臣都认为李广是名勇将，因此汉武帝调任李广为未央宫卫尉。公元前129年，匈奴又一次兴兵南下，前锋直指上谷。汉军四路出击，其中李广任骁骑将军，率军出雁门关。在行到雁门关时，李广率领的军队被多于自己几倍的匈奴军围困。匈奴单于久仰李广威名，命令手下要活捉李广。李广终因寡不敌众而受伤被俘。在押送途中，李广找了个机会飞身抢了身边匈奴的一匹马，射死众多匈奴兵后成功回到汉营。汉武帝因李广打了败仗，将李广贬为平民。但李广展现出的惊人骑射技术给匈奴人留下深刻的印象，于是匈奴人称他"飞将军"。

公元前119年，已经花甲之年的李广任前将军，与卫青出兵攻打匈奴。卫青决定亲自率部队正面袭击单于，而命前将军李广从东路夹击。李广的军队在行进时因向导意外失踪而耽误了时间，使汉军没有大的收获。卫青派人来问延误时间的原因，李广因无法忍受失责之辱而自杀。

卢 纶 赞 李 广

这是唐代诗人卢纶所作的一首称赞李广的诗：

林暗草惊风，将军夜引弓。平明寻白羽，没在石棱中。

诗中说的是个故事：一天夜晚，李广带兵外出巡逻。路过一片松林时，李广发现前面的草丛里蹲着一只老虎，于是连忙拈弓搭箭，射向老虎。第二天天刚亮，李广的随从便去射虎现场寻找猎物。结果大家发现，李广射中的不是老虎，而是一块石头。箭已经深深地扎在石头里，将士们怎么也拔不出来。

大将军卫青

汉武帝时,在抗击匈奴的大将军中最著名的一位就是卫青。卫青虽然家境贫寒,出身卑微,但这丝毫不影响他在抗击匈奴的战争中立下赫赫战功,也抹杀不了他为大汉王朝安边定疆作出的杰出贡献。

卫青出生在一个贫寒的家庭。母亲卫媪(ǎo)是平阳侯家的婢子,嫁人后生了一男三女。不久,卫媪的丈夫死了,卫媪与同在平阳侯家做事的县吏郑季生下了卫青。后来卫媪觉得无力扶养卫青,便将他送到生父郑季那里。但郑季的妻子看不起卫青,经常让他上山放羊,郑季的其他儿子也经常欺辱卫青。

卫青成年后在平阳公主家做骑奴,后来被骑郎公孙敖推荐到建章宫为奴。

公元前139年,卫青同母异父的三姐被选入宫,深得汉武帝的宠爱。陈皇后非常妒忌卫青的三姐,但又不敢下手,于是经常借故责骂卫青。有一天,陈皇后派人将卫青抓住并准备杀害。正好公孙敖赶上并把卫青给救出来。汉武帝知道后,非常生气,就提拔卫青为大中大夫,他的三姐被封为夫人,他也被封官。

公元前130年,匈奴兴兵南下攻到上谷。汉武帝果断地任命卫青为车骑将军,迎击匈奴。从此,卫青开始了他的戎马生涯。

这次出兵,汉武帝命卫青、公孙敖、公孙贺、李广各带1万骑兵分别从上谷、代郡、云中、雁门出兵。

卫青虽然首次出征,但他英勇善战,直捣龙城,斩首匈奴数百人,取得胜利。另外三路,两路失败,一路无功而还。因此汉武帝对卫青非常赏识,加封为关内侯。

　　此后,匈奴的进犯更加猖狂了。在汉武帝的命令下,卫青率军反击匈奴,先后收复贺兰山以东狼山、大青山以南的河套地区和河南地,俘获数 10 万头牲畜,致使匈奴不得不远离这里。卫青因此被加封为长平侯。后来,汉武帝将河南地建为朔方郡。

　　匈奴不甘心在河南地的失败,一心想把河南地重新夺回去,所以在几年内多次出兵,但都被汉军挡了回去。公元前 124 年,汉武帝命卫青为车骑将军,命其率六位将军,带领十多万大军,从朔方出发反击匈奴。匈奴右贤王认为汉军离得很远,一时不可能来到,就放松了警惕。可这一次卫青却采用夜袭之策,命所带军队日夜兼程,急行军六七百里,趁着黑夜包围了

右贤王的营帐。

此时的匈奴右贤王正在帐里饮酒作乐,突然听到帐外杀声一片,顿时大吃一惊,急忙带领几百骑兵突出重围,向北逃去。汉军轻骑校尉郭成等领兵追赶数百里俘虏了匈奴将领十多人,牲畜几百万头。此战汉军大获全胜,卫青也因此被封为大将军。

为了彻底击溃匈奴主力,汉武帝于公元前119年挑选了10万匹精壮的战马,命大将军卫青、骠骑将军霍去病各率精锐骑兵5万人,分作东西两路,远征漠北。

卫青大军北行一千多里,跨过大沙漠,与严阵以待的匈奴军遭遇了。他命令部队用战车迅速环绕成一个坚固的阵地,然后派出5000骑兵向敌阵冲击。匈奴出动一万多骑兵迎战。双方激战在一起,非常惨烈。黄昏时分,一阵风沙使两方军队互相不能分辨。卫青乘机派出两支生力军,从左右两翼迂回到单于背后,包围了单于的大营。单于一见汉军数量如此之多,就下令撤兵,并向西北逃去。卫青率大军乘胜追击,虽然没有找到单于的踪迹,却斩杀并俘虏匈奴官兵一万九千多人,霍去病率领的东路军也消灭匈奴七万多人。

这次战役,匈奴元气大伤,再没有能力南下窥视汉朝。从此以后,匈奴逐渐向西北迁徙,对汉朝的军事威胁基本上解除了。

卫青的外甥——霍去病

霍去病是汉武帝时期著名的将领、杰出的军事家,名将卫青的外甥。他的父亲霍仲孺是平阳县的一个小官,母亲是平阳公主府的女奴卫少儿。在卫青的影响下,霍去病从小就擅长骑射,而且渴望为国杀敌建功立业。公元前123年霍去病主动请缨参加漠南之战,并大获全胜,被汉武帝封为"冠军侯"。霍去病就这样开始了戎马生涯。

张骞出使西域

汉朝从汉高祖开始就一直和匈奴采取"和亲"政策，以保证边境安定，但匈奴还是频繁侵犯汉朝边境。汉武帝即位后，经济繁荣，人民生活安宁，国力大大增强，于是汉武帝开始反击匈奴。汉武帝从来降的匈奴人口中得知，在敦煌、祁连一带曾住着一个游牧民族——大月氏，因攻占邻国乌孙的土地同匈奴发生冲突，并多次被匈奴冒顿单于击败，国势渐渐衰落下去。后来，被匈奴彻底征服，大月氏的国王头颅被匈奴单于割下当成了酒器。于是大月氏人被迫西迁，重新建立国家，他们积极发展生产，时刻准备对匈奴复仇，并希望有人能与他们联合，共同抗击匈奴。根据这一情况，汉武帝下令选拔人才，出使西域，去联合大月氏，共同夹击匈奴。

此时的张骞(qiān)挺身应诏，毅然挑起国家和民族的重任，勇敢地走上了征途。

公元前 139 年，张骞带向导、翻译堂邑父等上百人，从陇西出发了。一路上困难重重，艰苦异常。但张骞信心坚定，不顾艰辛，冒险西行。当他们进入河西走廊时，被赶走大月氏占据此地的匈奴骑兵发现。张骞和随从一百多人全部被俘。

匈奴单于知道了张骞西行的目的后，就把张骞他们扣留和软禁起来。为了软化、拉拢张骞，打消其出使大月氏的念头，匈奴单于进行了种种威逼利诱，还逼迫张骞和一个匈奴女子结了婚。虽然那个匈奴妻子已经给张骞生了孩子，但这丝毫没有动摇张骞一定要完成任务的决心。他一直在等待时机，准备逃跑，以完成自己的使命。

整整过了十个春秋，匈奴的看管才放松了。一天，张骞趁匈奴人不备，果断地离开妻儿，带领随从逃出了匈奴。

因为张骞等人在匈奴待了10年的时间，已经详细地了解了通往西域的道路，并学会了匈奴人的语言，因此他们较顺利地穿过了匈奴人的控制区。

张骞一行人向西急行几十天，越过葱岭，到了大宛。大宛王早就想和富饶的汉朝建立联系。但因为路途遥远，交通不便，所以一直没能实现愿望。当听说汉朝使者来到时，大宛王热情地接见了张骞，并请他参观了大宛国的汗血马。在大宛王的帮助下，张骞先后到了康居、大夏等地。张骞这才找到了大月氏。原来在张骞他们被软禁的这十年时间里，西域的形势已发生了变化：乌孙在匈奴的支持和唆使下，向西进攻大月

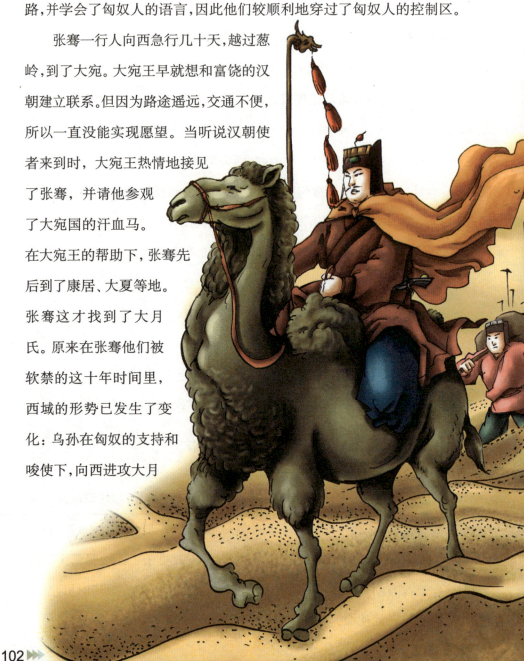

氏。大月氏人被迫继续西迁至阿姆河畔，不仅征服了大夏，而且在新的土地上另建家园。由于新的居住地土地十分肥沃，物产丰富，并且远离匈奴和乌孙，所以大月氏已无意向匈奴复仇了。张骞在大月氏待了一年多，没有什么结果，只好回国。在回国途中，张骞为绕开匈奴控制区，改变了行军路线。但还是被匈奴所俘。公元前126年，匈奴内乱，张骞乘机脱身回到长安。

历经13年，付出巨大的代价后，张骞终于回到了汉朝，身边只剩下了堂邑父一个人。此次出使西域虽然没有达到当初的目的，但使汉朝加深了对西域的地理、物产、风俗习惯的了解，为汉朝开辟通往中亚的交通要道创造了条件。

公元前119年，汉朝已经控制了河西走廊，于是汉武帝派张骞第二次使西域，联络乌孙。这次张骞率领300人，带着牛羊马匹及金帛货物，顺利地到达了乌孙，并派副使访问了康居、大宛、大月氏、大夏、安息、身毒等国家。但由于乌孙内乱，也未能实现结盟的目的。公元前115年，张骞回来，乌孙派几十个使者随同张骞一起到了长安。从此，西域各国不断派使者来长安访问和贸易。汉朝与西域的交通也建立起来了。

汗血宝马

　　汗血马，原产地在土库曼斯坦，土库曼斯坦将其视为国宝。汗血马是经过3000多年培育而成的世界上最古老的马种之一。这种马头细颈长，四腿修长，毛细皮薄，步态轻盈，而且力量大、速度快、耐力强，常见的毛色有淡金、枣红、银白及黑色等。汗血马适于长途行军，因此非常适合用作军马。汗血马汉朝时被引入我国，一直到元朝，兴盛了上千年，后来逐渐消失了。

忍辱修史的司马迁

汉武帝统治时期，西汉迎来了中国大一统时期的第一个鼎盛局面。在这一时期，出现了一位伟大的史学家、思想家和文学家，他就是司马迁。司马迁一生只写了一部书《史记》，这部书是中国历史上第一部纪传体通史，对后世的影响极大，被鲁迅誉为"史家之绝唱，无韵之离骚"。

司马迁生于史官世家，祖先自周代起就担任王室太史，负责记史和占卜。父亲司马谈在汉中央政府做太史令，负责管理皇家图书和收集史料，研究天文历法。司马迁十岁时随父亲至京师长安，跟随孔安国学《尚书》，从董仲舒学《春秋》。在父亲的指导下，在名师的教导下，司马迁刻苦读书，打下了深厚的文化基础。

作为史官，既有记载帝王圣贤言行的责任，也有搜集整理天下的遗文古事的责任，更有通过叙事论人而为当时的统治者提供借鉴的责任。司马迁的父亲司马谈就试图撰写一部规模空前的史书，因此他开始收集阅读史料，为修史作准备。但司马谈感到自己年龄大了，没有时间和精力去编写，因此将希望寄于儿子司马迁身上。

在司马迁20岁的时候，司马谈就让求知欲望强烈的司马迁去游览祖国的名山大川，到处去考察古迹，采集传说。通过对历史遗迹和西汉建国前后的历史的实地考证，司马迁开阔了胸襟，增长了知识，为后来编写《史记》作了很好的准备。

司马谈死后，司马迁正式做了太史令，有了阅览汉朝宫廷所藏的一切图书、档案以及各种史料的机会，他一边整理史料，一边修改史料中的错误。汉

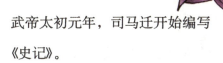

武帝太初元年，司马迁开始编写
《史记》。

公元前 99 年，李陵率军随将军李广利攻打匈奴，打了个大
败仗，几乎全军覆没，李广利逃了回来，李陵被匈奴逮住，投降
了，武帝大怒。朝廷的文武百官，都大骂李陵投降可耻。司马迁
不作声。汉武帝问太史令司马迁，想听听他的意见。

"李陵投降，是因为众寡不敌，又没有救兵，责任不全在李陵
身上。他不肯马上去死，准有他的主意。他一定还想将功赎罪来报
答皇上。"

盛怒之下的汉武帝认为司马迁这样为李陵辩护，是有意贬低李
广利(李广利是汉武帝宠妃的哥哥)，就说：

"你这样替投降敌人的人强辩，不是存
心反对朝廷吗？"

司马迁因此被关进了监狱。

司马迁被关进监狱以后由当时名声很臭的酷吏杜周审问。为了让司马迁招供，杜周对司马迁严刑审讯，为此司马迁忍受了各种肉体上和精神上的折磨，但是他始终不屈服，也不认罪。

不久，有传闻说李陵曾带匈奴兵攻打汉朝。汉武帝信以为真，便草率地处死了李陵的母亲、妻子和儿子。司马迁也因此事被判了死刑。据汉朝的刑法，死刑有两种减免办法：一是拿50万钱赎罪，二是受"腐刑"。司马迁因官小家贫拿不出这么多钱赎罪，只好受腐刑。这种腐刑既残酷地摧残人的身体，也极大地侮辱人格。悲痛欲绝的司马迁想到了自杀。但他想到了自己多年搜集的资料，想起了父亲的遗言，又以古人孔子、屈原、左丘明、孙子、韩非等在逆境中发愤有为鼓励自己，说："人固有一死，或重于泰山，或轻于鸿毛。"终于以惊人的意志忍辱负重地活了下来。

公元前96年，汉武帝改元大赦天下。这时司马迁已经50岁，汉武帝对他的才能还是爱惜的，就任命他为中书令。在别人看来，这也许是"尊宠任职"，但是，他还是专心致志修他的史书。

公元前91年，司马迁终于完成了巨著——《史记》。

公元前87年，司马迁逝世，终年56岁。

《史记》都有哪些内容

《史记》是中国第一部纪传体通史。全书包括十二"本纪"、三十"世家"、七十"列传"、十"表"、八"书"，共五个部分。记述了从传说中的黄帝至汉武帝太初四年上下三千多年的历史。它同时也是一部文学巨著，是中国传记文学的开创性著作。它的主体部分是本纪、世家和列传，其中列传是全书的精华。

苏武牧羊

扫码查看
☑ 中华故事
☑ 典故趣闻
☑ 能力测评
☑ 学习工具

　　自从卫青、霍去病将匈奴打败后，匈奴口头上表示要跟汉朝和好，实际上还是随时想进犯中原。匈奴的单于一次次派使者来求和，可是汉朝的使者到匈奴去回访，大部分都被他们扣留了，汉朝也因此扣留了一些匈奴的使者。公元前100年，匈奴的新单于即位，为与汉朝修好，他遣使送回以往扣留的汉使路充国等人。作为回礼，汉武帝派中郎将苏武拿着旄节，带着副手张胜和随员常惠，出使匈奴，送还原被扣的匈奴使者，顺便送给单于很丰厚的礼物。不料，就在苏武完成了出使任务，准备返回自己的国家时，匈奴上层发生了内乱，苏武一行受到牵连，被扣留下来。

　　原来，一个生长在汉朝的匈奴人，叫卫律，在出使匈奴后投降了匈奴，被单于重用并被封为王。但卫律的部下有个叫虞常的，很想回到汉朝。虞常在汉的时候，一向与副使张胜有交往，这次恰巧张胜随苏武来匈奴，就暗地跟张胜商量，想杀了卫律，劫持单于的母亲，逃回中原去。

　　张胜很同情虞常的遭遇，就答应了他。没想到虞常的计划没成功，反而被匈奴人逮住了。张胜听到这个消息，担心他和虞常私下所说的那些话被揭发，便把事情经过告诉了苏武。

　　"事情到了如此地步，一定会牵连到我们。如果等到被人审问完再死，不是对不起国家吗？"

　　说完苏武拔出剑就要自杀。幸亏张胜和随员常惠眼快，把刀夺去了。

　　虞常受尽种种刑罚后，终于供出了张胜。单于大怒，想杀死苏武他们，但大臣劝却劝说单于叫卫律去逼迫苏武投降。

苏武一听卫律叫他投降，就说：

"我是汉朝的使者，如果投降了匈奴，不仅违背使命，而且丧失了气节，这样即使活下去来又有什么脸面再回到汉朝呢？"

说完又拔出刀来向脖子抹去。

卫律慌忙把苏武抱住，可是苏武已经受了重伤，昏了过去。卫津马上派人骑快马去找医生。经过一番抢救苏武才慢慢苏醒过来。

单于觉得苏武是个有气节的好汉，十分钦佩他。等苏武伤痊愈了，单于派使者通知苏武，一起来审讯虞常，想借这个机会迫使苏武投降。

卫律先把虞常定了死罪，

杀了；接着，又举剑威胁张胜，张胜贪生怕死，投降了。

卫律对苏武说：

"副使有罪，应该连坐到你。"

"我既没有跟他同谋，又不是他的亲属，为什么要受牵连？"

卫律又举剑对准苏武，苏武面不改色。

卫律只好把举起的剑放下来，劝苏武说：

"我迫不得已投降了匈奴，没想到单于待我很好，不仅封我为王，还给了我几万名的部下和满山的牛羊，这是多么富贵荣华呀！您如果能够投降匈奴，也会和我一样富贵的，您又何必白白送命呢？"

听了卫律的话，苏武怒气冲冲地说：

"卫律！你是汉朝的臣子，汉人的儿子。可是你却忘恩负义，背叛朝廷和父母，做了匈奴的奴隶。你还有什么脸来和我说话？你回去吧，我是决不会投降的！"

单于见劝说没有用，就决定用酷刑。这时候正是入冬时节，外面下着鹅毛大雪。他命人把苏武关入一个露天的大地穴，不给提供食品和水，希望这样可以改变苏武的信念。苏武在地穴里受尽了折磨。渴了，他就吃一把雪，饿了，就嚼身上穿的羊皮袄。过了几天，居然没有饿死。

单于越发地敬重苏武的气节了，不忍心杀苏武，但又不想让他返回自己的国家，于是决定把苏武流放到北海，让他放牧公羊，说等到公羊生了小羊再让他回到汉朝。同时把他的部下常惠及其他随从人员分别安置到别的地方。

苏武到了北海，旁边什么人都没有，唯一与他做伴的，是那根代表汉朝的旌节和一小群羊。苏武每天拿着这根旌节放羊，心想总有一天能够拿着它回到自己的国家。这样日复一日，年复一年，旌节上面的穗子全掉了。

公元前 85 年，匈奴的单于死了，新单于没有力量再跟汉朝打仗，又打发使

者来求和。那时候,汉朝的皇帝已经是汉武帝的儿子汉昭帝了。汉昭帝派使者到匈奴去,要单于放回苏武,匈奴谎说苏武已经死了。后来汉使者又到匈奴,苏武的随从常惠买通了看守他的人,在夜晚见到了汉使。常惠将几年来在匈奴的情况原原本本地告诉了汉使者,并告诉汉使者苏武被匈奴流放到北海放羊去了。

汉使者见到单于后说:

"单于既然一心想同汉朝和好,就不应该欺骗汉朝。汉朝的天子在射猎时射到一只大雁,大雁脚上系着一条绸子,上面说苏武等人在北海。你怎么说苏武死了呢?"

单于听后十分惊讶,还以为真的是苏武的忠义感动了飞鸟,连大雁也替他送消息呢。于是忙向汉使道歉说:

"苏武等人的确还活着。"

公元前81年,苏武终于回到了长安。苏武出使的时候,才40岁。被匈奴羁押了19年,受尽了折磨,胡须、头发全白了。回到长安的那天,长安的人民都出来迎接他。

被羁押在匈奴的苏武熟知边地风土人情,回国后被任为典属国,专掌少数民族事务。而他在匈奴坚贞不屈,被后世视为坚持民族气节的典范之一。

苏 武 的 晚 年

苏武归汉第二年,上官桀、子安与桑弘羊及燕王、盖主谋反,苏武的儿子苏元因参与上官桀父子安的阴谋,而被处死。后来上官桀父子与燕王结伙共同与辅政大臣霍光争权,使得苏武被连累,因而被免官。过了几年,昭帝死了。苏武参与了谋立汉宣帝的计划,被赐封爵位关内侯。因苏武是节操显著的老臣,宣帝尊称他为"祭酒",非常优宠他。后来,苏武在匈奴生的儿子回到汉朝,汉宣帝又把他封为郎官。

忠心辅政的霍光

汉武帝征和二年，太子刘据因巫蛊之事被逼自杀后，汉武帝的病情日益严重。本来想立幼子刘弗陵为太子，但刘弗陵年龄太小，而其母钩弋夫人却正年轻。为避免刘弗陵即位后重演前朝吕后专权的故事，汉武帝便想托可靠的大臣辅佐刘弗陵。

汉武帝前后考虑很久，觉得霍光忠厚可信，可以担此重任。于是命画工画了一幅周公背周成王的图画赐予霍光。素来迷糊的霍光并没有领会到汉武帝的意思，但没敢说什么，只是将画收好。

后元二年，汉武帝病危。霍光询问后事，汉武帝才知道霍光并没有领会画中的意思，于是大怒："立弗陵为太子，你要像西周时期周公旦辅佐年幼的周成王一样，辅佐刘弗陵执政。"霍光听了恍然大悟，忙磕头谢罪。

汉武帝死后，年仅8岁的汉昭帝刘弗陵即位，霍光按照汉武帝死前的嘱托，成了辅政大臣。霍光担负起辅佐幼主、治理国家的重任后，工作更加勤恳谨慎，时时刻刻关注朝廷的安危。

有一次，汉昭帝想封一个大臣的次子为侯。可是霍光不同意，说："他的长子已经继承他的爵位，被封为侯了，次子按规定是不能封侯的。"可是汉昭帝执意不肯改。霍光马上正色说："高祖皇帝立下的规矩是：无功者不得封侯。皇上怎么好轻易改动呢？"在霍光的一番劝说下，汉昭帝终于被说服了。霍光又乘机教导汉昭帝要爱护百姓，这样才能治理好国家。

有一天，宫中出现了怪异现象，群臣百官都惊慌失措。霍光担心宫中出事，就让保管皇印的郎官把皇印交出来由自己保管。没想到那个郎官忠于职守,宁可掉脑袋也不肯交出皇印。霍光虽然生气,但对那个忠于职守的郎官很钦佩,就下令把他提升了。霍光这种不计私怨、秉公办事的精神得到了朝中官员的敬佩,威望因此更高了。

霍光掌握朝中大权后,招来了一些想掌权的大臣的怨恨。想和霍光争权的第一个人就是上官桀。

上官桀与霍光是儿女亲家。上官桀的孙女(也就是霍光的外孙女)与汉昭帝年龄相仿,因此上官桀想把孙女嫁给汉昭帝当皇后,但是霍光不同意。后来,上官桀靠汉昭帝的姐姐盖长公主的帮助,让孙女当上了皇后。为了答谢盖长公主,上官桀请皇帝给盖长公主手下办成此事的人封侯,但霍光无论如何就是不答应,因此盖长公主将霍光当作了眼中钉。

有一次,霍光出长安城去检阅御林军(皇帝的近卫队)操练,并且调了一个校尉(仅次于将军的军职)到大将军府里来工作。上官桀等人就利用这件事,假造了一封燕王的奏章,说:"大将军霍光检阅御林军的时候,坐的车马跟皇上坐的一样。他还自作主张,调用校尉。这里面一定有阴谋。我愿意离开自己的封地,回到京城来保卫皇上,免得坏人作乱。"汉昭帝看了看那份奏章,就把它搁在了一边。

第二天上朝时,霍光才知道燕王刘旦上书告发他的消息,吓得不敢进宫。朝堂上汉昭帝没有看到霍光,就问:"大将军怎么没来上朝?"上官桀急忙说:"大将军因被燕王告发,心虚不敢进来了。"

汉昭帝吩咐内侍召霍光进来。霍光一进去,就脱下帽子，伏在地上请罪。说："臣罪该万死。请皇上处置。"汉昭帝说："大将军戴上帽子，请起来。我知道有人存心陷害你。"

霍光站起来又惊又喜，"皇上怎么知道有人想陷害微臣？"汉昭帝答道："你出京城去阅兵，选调校尉也不过十天之内的事。燕王远在北方，怎么就知道了呢？就算知道了，马上就写奏章派人送来，现在也到不了。如果大将军真的要作乱，也用不着调一个校尉。这件事很明显是有人想陷害你。"霍光和别的大臣听了，没有一个不佩服少年天子的智慧。

汉昭帝马上将脸色一变，说："你们要严查一下，把那个送假奏章的人抓来查问。"上官桀一听，马上说："这种小事情，皇上就不必再追究了。"

上官桀等人想借皇帝的手来除掉霍光的阴谋失败了，但他们并不甘心，于是决定刺杀霍光。但是，纸里是包不住火的，上官桀等人的阴谋诡计还没有来得及动手，有人早把这个秘密泄露了出去，让霍光知道了。霍光将他们的阴谋奏告昭帝，汉昭帝命令丞相田千秋火速发兵，把上官桀一伙统统逮起来处死。

汉昭帝21岁就得病死了，没有孩子。霍光和皇太后商量，迎立汉武帝之孙昌邑王刘贺为帝。但刘贺原是个浪荡子，即位才27天，就把皇宫闹得乌烟瘴气。霍光和大臣们商量后联名上书，请皇太后下诏，把刘贺废了，另立汉武帝的曾孙刘询，就是汉宣帝。

深 受 尊 宠 的 霍 光

霍光，是西汉著名将领霍去病的同父异母之弟。汉武帝元朔四年，任骠骑将军的霍去病将霍光带到长安，在自己的帐下当郎官。两年后，霍去病去世，霍光做了汉武帝的奉车都尉，享受光禄大夫待遇，负责保卫汉武帝的安全。由于霍光办事谨慎小心，受到汉武帝的信任。公元前68年，三朝元老霍光病逝。汉宣帝和皇太后亲自为霍光主持丧礼，并用极其隆重的礼仪，把这位忠心辅政、安定社稷的重臣，埋葬在茂陵汉武帝陵墓的旁边，以示对他的尊宠。

王昭君出塞

　　西汉晚期,汉王朝和匈奴暂停了长期的战乱,恢复了"和亲"关系。公元前33年,北方匈奴首领呼韩邪单于主动来汉朝,对汉称臣,并请求和亲,以结永久之好。汉元帝同意了。

　　以前,汉朝和匈奴和亲,都得挑个公主或宗室的女儿。但是现在汉朝富强起来了,没有必要一定挑皇亲国戚的女儿,而且呼韩邪单于现在就在长安,让宗亲的女儿冒充公主一定会被他发现的,所以汉元帝决定挑个宫女给他,便吩咐人到后宫去传话:

　　"谁愿意到匈奴去的,皇上就把她当公主看待。"

　　宫女们在皇宫犹如鸟儿在樊笼,都争着想出去,但一听是去遥远的匈奴,劲头顿时就没了。这时有一个宫女主动报了名,表示愿意到匈奴去和亲。

　　这个宫女就是王昭君。王昭君名嫱,字昭君,天生丽质,聪慧异常,琴棋书画,无所不精。公元前36年,汉元帝诏告天下,遍选秀女。王昭君应诏入选。后宫妃嫔很多,皇帝不可能挨个儿看一遍,就让画匠把她们的相貌画下来,谁的画像好看皇帝就召见谁。因此宫女们都争着贿赂画匠,让画匠把自己画得更美。但王昭君却不肯贿赂画匠，所以被冷落了三年，得不到皇帝的召见。

汉元帝吩咐办事的大臣选个好日子，让呼韩邪单于和王昭君在长安成亲。

呼韩邪单于得到了这样年轻美丽的妻子，又高兴又激动，临行前去向汉元帝辞行并道谢。

在辞行大会上，汉元帝见到了王昭君。王昭君善于应对问话，举止优雅大方，重要的是比画上的要好看一百倍。汉元帝后悔了，想将王昭君留下，但是又不能失信，便赏给她锦帛两万八千匹、絮一万六千斤及黄金美玉等贵重物品，并亲自送出长安十余里。

王昭君走后，汉元帝越想越懊恼，一气之下将画匠杀了。

王昭君在汉朝和匈奴官员的护送下，肩负着和亲之重任，离开了长安。她骑着马，冒着刺骨的寒风，历时一年多，于第二年初夏到达千里之外的漠北。在那里，王昭君受到匈奴人民的盛大欢迎，并被封为"宁胡阏氏(yān zhī)"。

日子一久，王昭君慢慢地也就习惯了塞外的生活，和匈奴人相处得很好。匈奴人都喜欢她、尊敬她。她一面劝单于不要打仗，一面把中原的文化传给匈奴，使匈奴地区出现了"牛马遍地、人口兴旺"的繁荣景象。从这以后，匈奴和汉朝和睦相处，有六十多年没有发生战争。

王昭君死后葬在大青山，匈奴人民为她修了坟墓，并奉为圣人。

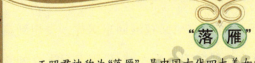

"落 雁"

王昭君被称为"落雁"，是中国古代四大美女之一。当初汉元帝答应和亲后，王昭君就告别故土，登程北去。一路上，马嘶叫着，天上的大雁悲鸣着，这一切都在撕裂着她的心肝，让她心绪难平。王昭君在坐骑之上，拨动琴弦，奏起悲壮的离别之曲。南飞的大雁看到骑在马上的这个美丽女子，听到这悦耳的琴声，不禁忘记扇动翅膀，跌落在地下。后来，"落雁"就成了王昭君的雅称了。

王莽篡权

西汉汉元帝皇后王政君有个侄子，叫王莽。王莽的父亲王曼死得早，未能受封，接着哥哥也去世了，于是他担起了解决全家人生计的责任。他孝顺母亲，尊敬嫂子，照顾侄儿，生活俭朴，饱读诗书，结交贤士，声名远播。随着年龄和社会阅历的增长，王莽认识到要想有作为还需要叔伯的帮助，于是他对其身居大司马之位的伯父王凤极为恭顺，比王凤的儿子还孝顺，因此王凤临死嘱咐王政君照顾王莽。

公元前22年，王莽升为黄门侍郎，后来又被升为射声校尉。王莽礼贤下士，勤俭廉朴，常把自己的俸禄分给门客和穷人，甚至卖掉马车接济穷人，深受众人爱戴。因此他的叔父王商上书成帝，愿把封邑分给王莽一部分，朝中一些有名望的大臣也都上表推荐王莽。之后王莽被先后封为新都侯、骑都尉、光禄大夫侍中等职。后来，王莽接替叔父做了大司马。

王莽刚做了一年多的大司马，成帝就病死了，太子刘欣登基，即汉哀帝，母亲定陶丁皇后的亲戚掌握着大权。王莽退位隐居新野，一面闭门读书，一面注意朝廷动态。在这期间，王莽的儿子王获杀死了家奴，王莽逼其自杀偿命。王莽的这一举动得到世人的好评。

公元前2年，由于大臣们为王莽平反，他又获准回京居住。没想到第二年，哀帝病死了。太皇太后王政君重新任命王莽为大司马，王莽马上立刘箕子为平帝，还为平帝祖母冯太后及东平王昭雪。他的这一迅速果断的行动，受到朝野上下的拥戴，太皇太后因此赐封王莽为安汉公，王莽再三推辞，只接受了封号，而将俸禄分给两万多人。大家因此都赞颂王莽的恩德。

公元 2 年,全国发生了大面积的旱灾和蝗灾。多少年来,由于贵族、豪强不断兼并土地,一直被剥削的农民只好忍气吞声,如今又遇到灾荒,老百姓没办法活下去了,便骚动起来。为了缓和老百姓对朝廷和官吏的怨恨,王莽建议公家率先节约粮食和布帛。他自己先拿出 100 万钱、30 顷地,全部作为救济灾民的费用。这样,有些贵族、大臣也只好拿出一些土地和钱来。太皇太后又把新野的两万多顷地赏给王莽,王莽又推辞了。

由于王莽总是不肯接受封给他的土地,人们就觉得他是个了不起的好人。朝廷里的大臣和地方上的官吏、平民总有人上书请求加封王莽,王莽的威望也越来越高。

汉平帝渐渐大了,觉得王莽对自己的王位威胁很大,因此免不得背地说了些抱怨的话。一天,大臣们给汉平帝祝寿,王莽也献上一杯酒。可是第二天宫里就传出话来,说汉平帝得了重病。没过几天汉平帝就死了。由于汉平帝没

有儿子，王莽就从刘家的宗室里找了一个两岁的小孩立为皇太子，叫孺子婴。太皇太后命王莽代天子理政，称"假皇帝"或"摄皇帝"。

有些文武官员想做开国元勋，劝王莽即位做皇帝。王莽也觉得做代理皇帝不如做真皇帝。于是他们联合起来，利用当时社会上流传的"更受命"之说让孺子婴禅让皇位。

公元8年，王莽正式即位称皇帝，改国号叫新，都城仍在长安。到这时为止，西汉王朝就结束了。

王莽做了皇帝，打着复古改制的幌子，下令改革。但这些改革措施听起来都是好事情。可是没有一项能实行下来。

王莽瞧不起边疆的各国，认为他们野蛮，不文明，因此将他们削王为侯，这样又引起边疆动乱不断。

王莽又征用民夫，加重捐税，纵容官员们滥用酷刑，对老百姓加重刑罚。这样，就逼得农民不得不起来反抗。

公元17年，全国发生蝗灾、旱灾，灾民纷纷暴动，赤眉、绿林军相继揭竿而起，王莽的军队相继败于赤眉及绿林军，在昆阳又败给只有一万多人的刘秀，从此王莽的势力开始衰落。公元前23年，王莽率群臣到南郊举行哭天大典，绿林军的一支攻入长安，王莽被杀。

外交家常惠

常惠，是汉武帝、汉昭帝、汉宣帝三朝的外交家。公元前100年，常惠自告奋勇同苏武一起出使匈奴。回到汉朝后，常惠受到同僚们的称赞和汉昭帝的信任，被任为光禄大夫一职而留在宫中。宣帝继位后，常惠奉命出使乌孙国，说服了乌孙国王，使乌孙国与汉朝结为军事联盟，大败匈奴，为发展两国的相互往来，安定两国边境，立下了不朽的功绩。

绿林赤眉起义

　　王莽改制引起了社会经济的大混乱,而且在新法推行的过程中滥用刑罚,使民不聊生,再加上一连串的天灾,农民们走投无路,反抗斗争此起彼伏。

　　公元17年,南方荆州闹饥荒,老百姓不得不到沼泽地区挖野菜充饥。新市有两个人,一个叫王匡,一个叫王凤,他们趁此机会发动武装起义,因此大家就推举他们当首领。因这支起义军最初驻扎在绿林山,所以被称"绿林军"。绿林军队伍得到广大民众和附近起义军的响应,因此发展十分迅速,两三个月就有贫苦农民近万人加入。不久,在附近起义的马武、王常、成丹等也参加。

　　王莽派了2万大军进攻绿林山,王匡率起义军奋勇抗击,大败官军,攻占了竟陵,横扫云社、安陆等地。绿林军每攻下一个地方都打开监狱,放出囚犯;把官家粮仓里的粮食一部分分给当地穷人,大部分运到绿林山。投奔绿林山的穷人越来越多,起义军增加到数万人。

　　第二年,绿林山发生疫病,绿林军死亡近半,于是决定分兵两路转移。一支由王常、成丹率领入南郡,称"下江兵";一支由王匡、王凤、马武等率领,北向南阳,称"新市兵"。不久,平林人陈牧也召集一支队伍响应,称"平林兵"。在新市兵进攻随县时,平林兵与新市兵会合。

　　当南方的绿林军在荆州一带打击官兵的时候,东方的起义军也壮大起来。当时琅琊有个姓吕的老大娘,儿子是一个公差,因为不肯依县官的命令毒打没钱付税的穷人,被县官杀害了。这一地区的穷苦农民组织起来杀了县官,替吕大娘的儿子报了仇,然后他们跟着吕大娘逃到黄海,一有机会就上岸打

官兵。 这时候,在琅琊有个叫樊崇的人,带领几百个人占领了泰山。吕大娘死后,她手下的人就投奔了樊崇。不到一年的时间,樊崇的起义军就发展到了一万多人。

樊崇的这支起义军完全是由贫苦农民组成的,他们很守纪律,规定谁杀死老百姓就要被处死,谁伤害老百姓就要受罚。他们没有统一的口号,没有旗帜标识,为了和王莽的军队区别开来,樊崇叫他的部下都在自己的眉毛上涂上红颜色,作为识别的记号。这样,樊崇的起义军得了一个别名,叫"赤眉军"。公

元22年，王莽的军队和赤眉军打了一仗。结果，官兵打了败仗，逃散了一大半。赤眉军大胜以后，人数发展到十多万，他们到处追捕官军，没收贵族豪强的财物，惩治坏人，得到了广大贫苦农民的热烈拥护。

绿林、赤眉两支起义大军分别在南方和东方打败王莽军的消息一传开，别的地方的农民也都活跃起来。南阳一带的地主、汉朝的宗室，也打着反王莽的旗号，加入起义队伍。破落贵族刘玄加入了平林军。南阳大地主刘演、刘秀兄弟也在春陵乡起兵。他们和绿林军三路人马联合起来，接连打败了几名王莽的大将，声势就强大起来了。

公元23年1月，王莽派10万兵马向起义军进攻，结果，被起义军杀得大败。随着起义的顺利发展，起义军急需建立自己的政权。这时，刘演、刘秀预谋夺取起义军的领导权。但王匡、王凤等农民领袖主张立在起义军中没有势力的、汉朝远支宗室刘玄为王。刘演、刘秀觉得自己的力量不够，没有直接反对。就这样，公元23年，刘玄被拥立为帝，年号"更始"。

听说起义军立刘玄为皇帝，又打下了昆阳，王莽便派大司马王寻、大司空王邑从各州郡拼凑了42万军队，杀向昆阳。但王莽的士兵多是临时逼迫来的农民，因痛恨王莽政权而没有斗志，很快被刘秀率领的3000人消灭。

昆阳之战使得王莽的新朝日渐崩溃了。而绿林赤眉军的影响却越来越大。

大司马是什么样的官职

大司马，是古代对中央政府中掌管兵权的最高长官的称呼。在商周时期，大司马就掌管兵权。但秦朝时期，并没有设立大司马一职，而在中央政府中设立太尉。西汉初也没有设立大司马，也在中央政府中设立太尉。汉武帝时废除太尉而设置了大司马。此时，大司马不但是一个备受尊崇的名号，还可以进入内朝参议政事。

贤后阴丽华

　　西汉末年，刘氏家族逐渐没落了。作为汉高祖刘邦的九世孙刘秀这一支，已到了十分贫困的地步。刘秀九岁时失去了父母而成为孤儿，于是寄养在叔父刘良家里。刘秀生得一表人才，待人接物，慷慨磊落，行事更是睿智勇毅，被人们称赞。刘秀有一个姐夫名叫邓晨，家在南阳郡的新野，因此刘秀常去新野姐夫家。在姐夫家，刘秀有机会接触到了一个世家贵族的千金小姐——阴丽华，并对她一见钟情。

　　阴丽华出生在南阳新野一个名门望族，古史文赋、琴棋书画，样样精通，因受诗书熏陶，更加秀外慧中。

　　后来刘秀来长安求学，一次偶尔看到有大官出行，前呼后拥，很是气派，刘秀顿时发出这样的感慨："当官就要当掌权的大官，娶妻子就要娶阴丽华那样的。"

　　昆阳之战后，刘演因锋芒毕露被刘玄杀害。刘秀自知势单力薄，强忍悲痛，主动回到宛城谢罪。在更始君臣眼中，刘秀比较恭顺，对他们的威胁也不大，再加战事未平，刘秀还有利用价值，所以刘玄就封他为武信侯。就在此时，跟随刘秀作战的阴氏兄弟觉得刘秀是个前程远大的人，于是说服家人，把阴丽华嫁给了刘秀。为了消除刘玄对自己的怀疑和顾虑，刘秀没有为哥哥举办葬礼，就和倾慕多年的阴丽华举行了婚礼。

对于哥哥的死，表面上强颜欢笑的刘秀，到晚上就偷偷地哭。阴丽华就温言劝解。见更始皇帝疑心很重，气量狭小，而且沉迷酒色，阴丽华便建议刘秀向河北发展，并借机独树一帜。阴丽华虽然是妇道人家，但刘秀却为她的智慧叹服。此时，正好更始帝派刘秀北上，于是刘秀将阴丽华送回了新野的娘家。

刘秀带领数百人马渡过黄河，一路废除苛政，排除万难，争取民心，赢得了河北百姓的爱戴和拥护。

可是当刘秀的军队来到真定时，遇到一个强劲的对手——真定王刘扬，他握有 10 万军队，不肯归附刘秀。经过一番考虑后，刘秀派刘植去劝说刘扬。刘扬提出将自己的外甥女郭圣通嫁给刘秀，作为与之联手作战的条件。作为权宜之计，刘秀只好接受条件。此后刘秀的军队日益壮大，并势如破竹。公元25年6月，刘秀在河北柏乡登基为帝，后来将都城定于洛阳，国号为建武，史称东汉。

刘秀定都后，连夜派侍中傅俊前往新野迎接阴丽华。这时，立谁为皇后的问题又摆在了刘秀面前，想来想去，刘秀打算立结发妻子阴丽华为皇后。可是阴丽华却说："困厄之情不可忘，而且她已经生下皇

子."无奈之下,刘秀立郭圣通为皇后,并册封其子刘疆为太子,而阴丽华被册封为贵人。

为了补偿阴丽华,刘秀想破格提拔随军征战的阴丽华的哥哥阴识,但阴识却说:"天下刚刚稳定,有功的将帅很多,我仅凭借外戚的身份而受封,天下人都会觉得不公平。"

阴丽华的另一个兄弟阴兴被封为侍中,又被赐爵关内侯,官服和官印已经准备妥当,阴兴却坚决辞让了。

刘秀的心里始终觉得对不起阴丽华,想废掉郭圣通,又没有好的理由。后来,刘扬叛乱,平乱后刘秀想借机废了郭皇后,立阴丽华为皇后,但还是被阴丽华拒绝了。郭皇后知道阴丽华几次拒绝做皇后的事后,便处处刁难阴丽华,但阴丽华以大局为重,事事忍耐。后来,刘秀终于忍不了郭皇后的所作所为了,便废了郭皇后,立阴丽华为皇后。

为了安慰郭圣通和郭氏家族,也让刘疆宽心,阴丽华又向刘秀提出建议,好好对待郭氏家族,使郭圣通成为中国历史上唯一一个不入冷宫反得尊崇的废后,郭氏家族也成为史上唯一没被牵连,反倒升官发财的废后家族。

64年,阴丽华病逝,与光武帝刘秀合葬于原陵。

阴 丽 华 善 待 郭 氏 家 族

郭圣通被废后,她的儿子刘疆因害怕而主动将太子之位让出。刘秀去世后,阴丽华的儿子登基成了汉明帝,阴丽华也成了皇太后。但她还是叮嘱自己的儿孙要善待郭氏家族。从她的儿子汉明帝刘庄到她的孙子汉章帝刘炟都按要求照做了。汉章帝北巡经过真定郭家时,还特地依照阴丽华的嘱托与郭家人相聚,并赏给他们万斛粟和五十万钱。

马革裹尸的伏波将军

在刘秀恢复汉室的过程中,有一些将军为汉室的复兴立下了汗马功劳,马援就是其中一位。马援的先祖是赵国名将赵奢,因赵奢被封为"马服君",于是以马为姓。

西汉末年,群雄四起,战火不断。公元32年,马援投奔求贤若渴的光武帝刘秀。因为英勇善战,为东汉王朝的建立立下汗马功劳。刘秀赐他一些牛羊,他将这些赏赐分发给部下,深得将士的敬重和拥戴。

公元41年,交趾太守苏定依法处决了诗索。诗索的妻子和妻妹因不满便起兵反抗。光武帝封马援为伏波将军,命其率领刘隆、段志等征讨二人。三年后,马援胜利回到京城洛阳。快到达都城门的时候,朝中与马援有友情的人都来到都城外来迎接他。众人中有个叫孟翼的,是马援的老朋友,也向马援说了几句恭维话。

马援笑着说:"以前的路博德将军开拓了南方七个郡,才不过得到封地数百户。我只不过是杀了两个反叛的妇人,功劳比路将军小多了,却被封为伏波将军,封地多达三千户。没立过这么大的功,我怎么好意思享受这么多封赏呢?"孟翼不知道该说什么好,马援接着说:"如今匈奴、乌桓还在北边不断骚扰,我想向朝廷请战出

击。大丈夫应该战死在边疆荒野的战场上,不用棺材敛尸,而只用马的皮革裹着尸体回来埋葬,怎么能躺在床上,死在儿女的身边呢?"孟冀听了,被马援豪迈的报国热情所感动,不禁称赞说:"将军真不愧是大丈夫啊!"

马援回到都城刚三个月就率兵屯驻襄国。公元48年,南方武陵的少数民族首领相单程率众发动叛乱,刘秀派武威将军刘尚前去征剿,刘尚冒进深入,结果全军覆灭,急需再有人率军前往。朝廷上下都震惊了。

当时马援62岁,听到这个消息后,便上朝请战,要求领兵讨伐匈奴。刘秀担心他年纪太大,万一在战场上有个闪失,于心不忍,于是,不想让他出征。可是,马援不肯让步。光武帝见他精神矍铄,矫健的动作不减当年,便批准了他的请求,命他率领中郎将马武、耿舒、刘匡、孙永等4万人远征武陵。

在部队出行那天,很多马援的好朋友都来为他送行。马援对好朋友杜愔(yīn)开玩笑说:"我一生享受了浩荡的皇恩,现在年老了,常担心不能死得其所。现在受命去南方远征。万一我有什么不测,死了也值得了。"

杜愔听了这话,觉得不祥,但也不好说什么,只是劝慰了马援几句。

公元49年,马援率领大军到达武陵,打了几个胜仗。反叛的部队逃进了竹林中。3月,马援决定选择水路进军壶头山。此时天气炎热,士卒大部分得疫病而死,马援也染上了疫病。不久,马援病死,实现了"马革裹尸"的誓言。

青山处处埋忠骨

这首是出自清末著名诗人龚自珍的《己亥杂诗》,全诗:

浩荡离愁白日斜,吟鞭东指即天涯。青山处处埋忠骨,何须马革裹尸还。落红不是无情物,化作春泥更护花。

这组诗作于清道光十九年己亥,大意是:白日西下我离愁满怀,扬鞭向东从此策马奔赴天涯。英勇阵亡在外,青山连绵,哪里不是掩埋忠勇之士的好地方,何必一定要运回家乡安葬呢?落花纷纷绝不是无情飘洒,化作春泥愿培育出更多新花。

强项令董宣

汉光武帝建立了东汉王朝以后，采取了休养生息的政策，使得东汉的经济得到了恢复和发展。汉光武帝知道打天下要靠武力，治理天下还得注意法令政策。但法令也只是能约束老百姓，那些皇亲国戚根本没把法令放在眼里。尤其是京城的皇亲国戚，更是专横跋扈，连他们的奴仆也仗势为非作歹，地方官都不敢管。光武帝了解到董宣奉公执法，不畏强暴，便让他做洛阳令。

董宣到任不久，就接到一桩人命案：光武帝的姐姐湖阳公主的一个奴仆行凶杀人后，一直藏在公主家中，官吏无法抓捕。董宣想：要是这样的事都不依法处理，怎么能治好京师呢？于是他决定天天在湖阳公主家的门守候着以缉拿凶犯。

有一天，湖阳公主坐着马车出来，跟随她的正是那个杀了人的奴仆，董宣拦住公主的车马。

湖阳公主认为董宣触犯了她的尊严，就沉下脸来。

"大胆董宣，你有几个脑袋，敢拦我的车子！"

董宣毫不畏惧，拔出宝剑往地下一立，当面责备公主不该放纵奴仆杀人，并叫衙役把那个奴仆拖过来，当场杀了。

湖阳公主何曾受过如此屈辱，立即调转车头，直奔皇宫，向光武帝哭诉董宣怎样欺侮她。

光武帝听了姐姐的一番哭诉，不禁勃然大怒。这个董宣如此蔑视公主，这不是也没把他这个皇帝放在眼里吗？想到这里，便喝道：

"快把董宣捉来，我要当着公主的面将他乱棍打死！"

董宣被带上殿后，他对光武帝说：

"陛下，先让我把话说完再打我。"

"你还想说什么话？"

"陛下您因德行圣明而光复汉室，但现在却让公主放纵奴仆杀人，国家的法令还有什么用？陛下的江山还用什么方法治理？臣不用陛下拿棍子打，现在就去死。"

说完，董宣抬起头就向柱子撞去。

光武帝连忙吩咐内侍把他拉住，可董宣已经撞得血流满面了。

光武帝不是个昏君，听了董宣那一番理直气壮的忠言后心里又惊又悔，赶紧命卫士把董宣的伤口包扎好。

"朕知道你是为了国家着想，因此不治你的罪了。不过，你当众斥责公主，也确实冒犯了她。你给她磕个头，赔个礼，道个歉吧！"

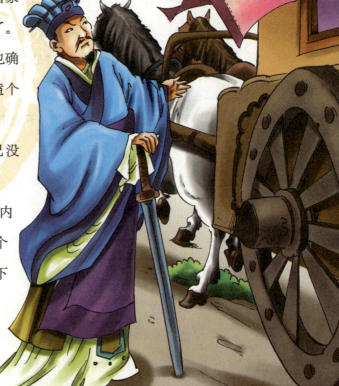

可是董宣认为自己没有错，怎么也不肯磕头。

光武帝只好向两个内侍使了个眼色。于是两个内侍把董宣的脑袋往地下摁，可是董宣用两手使劲撑住地，挺着脖子，不肯把头低下去。

内侍明白皇帝不会真的把董宣治罪，只是为了给公主留个面子，就大声回话说：

"回陛下的话，董宣的脖子太硬，摁不下去！"

"董宣你这个强项令，脖子可真够硬的，还不快点退下去！"

湖阳公主见汉光武帝放了董宣，心里很不舒服，可又自知理亏，便又冷笑道：

"你当平民的时候，也暗藏过逃亡和犯罪的人，官吏不敢上咱家来搜查。现在当了皇上，怎么反倒对付不了一个小小的洛阳令了呢？"

"正因为我当了一国之君，才应该律己从严，严格执法，而不能像过去做平民时那样办事了。"

光武亮又劝说了一会，将姐姐劝回去了。

光武帝打心眼儿里喜欢董宣那种执法如山、宁折不弯的精神，便赏给他30万钱。董宣把这30万赏钱全分给了手下的官吏。

得到光武帝的支持，董宣大胆打击京城不法的豪门贵族，威名大振，被人们称为"强项令"。

董宣做了五年洛阳令，74岁那年死在任上。光武帝派去吊唁的人看到，看到董宣的尸体用布裹着，家中只有一辆破车、几斗大麦。得知这一情况，光武帝命令以大夫的规格厚葬董宣。

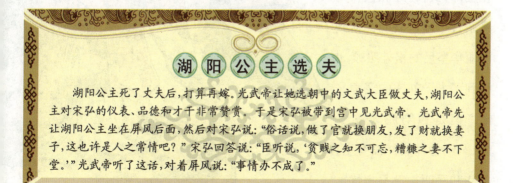

湖 阳 公 主 选 夫

湖阳公主死了丈夫后，打算再嫁。光武帝让她选朝中的文武大臣做丈夫，湖阳公主对宋弘的仪表、品德和才干非常赞赏。于是宋弘被带到宫中见光武帝。光武帝先让湖阳公主坐在屏风后面，然后对宋弘说："俗话说，做了官就换朋友，发了财就换妻子，这也许是人之常情吧？"宋弘回答说："臣听说，'贫贱之知不可忘，糟糠之妻不下堂。'"光武帝听了这话，对着屏风说："事情办不成了。"

"布衣皇后"马明德

伏波将军马援在出征途中染病身亡后,所有他生前得罪的人都应时而起,纷纷向皇帝告状。光武帝听信谗言,剥夺了马援的新息侯封号。可是祸不单行,就在马援去世后不久,他的两个儿子也先后去世了。频遭打击的马援夫人蔺氏因悲伤过度而精神失常。

马家衰败了,一时间,似乎所有的人都可以来欺负欺负马氏族人。难过又气愤的马援之侄马严终于按捺不住性子,看到东汉皇族上至太子刘庄、下至皇子诸王,都还没有正式册立太子妃、王妃,于是在蔺夫人的默许下,马严奏请刘秀让马明德进宫当王妃,想借此让马家扬眉吐气。

也许是刘秀明白了马严的心思,就接受了他的请求,经过一番检查审视后,马明德被安排住进了太子宫。由于举手投足都符合封建礼仪,为人又亲善仁爱,马明德得到了阴丽华皇后的格外照顾,也得到了太子刘庄的宠幸。

但是和刘庄夫妻多年,马明德却始终没有生育。这让刘庄和马明德都很担忧。

公元 57 年，光武帝病逝，刘庄继位，就是明帝，马妃被封为贵人。新皇即位，各公卿大臣都急着把自己家的女孩子送进宫来，巴望着能够借此成为皇亲国戚。在这些新入宫的女子中，有一个贾氏，算起来她还是马明德的外甥女。贾氏入宫不久，便为刘庄生下了皇子刘炟(dá)。即便如此，刘庄依然偏爱马明德，并将贾氏所生的刘炟抱给马明德抚养。马明德接受了丈夫的好意，收养了这个孩子，并悉心抚养他。

永平三年的春天，刘庄为父守制期满，不能再不立皇后了。虽然后宫中已有人生了皇子，还有皇太后阴丽华家族的女子，但刘庄却想立马明德为后。可是，让马贵人当皇后，其他妃子的亲戚们肯定要闹事，怎么办呢？刘庄为此寝食难安。

皇太后阴丽华将这些都看在眼里，于是她开口了："马贵人德冠后宫，宜立为后。"于是，马明德成为皇后，她的养子刘炟也被册立为皇太子。

成了皇后的马明德仍然平易近人、朴素平和，对别人的是非长短，更是从不加以评论。

虽为皇后，但马明德对于衣饰装扮却不留意，平时只穿粗糙的衣裙，除了国家大典场合，从不穿贵重的丝绸织绣之衣。在她的影响下，后宫的妃嫔们都竞相仿效皇后，厉行节俭，为国家减少了很多不必要的宫廷开支。

马明德博览群书，尤其喜欢读《春秋》《楚辞》《周礼》等书。虽然她不

喜欢随便发表意见,但是言必有中,理事明晰果断,明帝刘庄对她的才智也非常佩服。

后来,刘庄的弟弟刘英被人鼓动起来谋反,查明主谋后,刘庄对刘英法外开恩,免去了他的爵位,把他从封国迁到丹阳泾县。但刘英还是在到丹阳的第二年就自杀了。刘英虽然死了,但追查却没有停止,结果与刘英有联系的数千人被关进了大狱。这时皇太后阴丽华已经去世了,马明德没有因为害怕触怒皇帝而漠视不管。她劝说皇帝,既然为首的刘英已死,就不要再过多株连。一番恳切的言辞终于打动了明帝。自此之后,明帝刘庄在处理国家大事的时候,往往不忘征询妻子的意见,并且都会郑重看待,并加以采纳。

公元75年,汉明帝刘庄去世了,马明德成为皇太后,养子刘炟即位为东汉第三任皇帝。

明帝去世后,马明德亲自为丈夫撰写言行录。在撰写的过程中,她特地删去了自己兄长马防侍帝疾的内容。当章帝对舅舅感到不平时,马明德解释道:"我不希望让后世的人知道先帝对外戚如此亲近,以致效仿。"

为了表达对养母的感恩之情,章帝一即位,便想要为马太后的三位兄长封侯。马明德婉言谢绝了儿子的好意。

公元79年,马明德病逝于长乐宫。与明帝合葬于显节陵。

马明德轶事

有一次太后马明德回到娘家,马氏外戚纷纷出迎。马太后见他们穿着奢华,回宫后便停发每年赏赐马家的钱财。马太后的母亲蔺夫人去世,马太后觉得母亲的坟墓修得太高了,立即让马廖等人改回合适高度。对于马家的后辈,言行谦恭、有品德道义的,她给予奖励;如果仗势轻狂、奢侈贪婪的,她施以惩罚。马明德严格管教马氏外戚,起到了一个非常关键的示范作用。

卫国保疆的窦固

东汉建国之初忙于治理国内，对外采取忍让防御政策，致使匈奴不断入侵。后来匈奴因内乱分裂为南、北两部分，而南、北匈奴之间战争不断。没多久南匈奴归顺东汉，东汉让南匈奴单于带领族人迁到云中，收复了北方五原、雁门等八郡。汉明帝期间，北匈奴频繁侵扰汉边境，并一度侵犯河西地区。于是汉明帝决定效法汉武帝"击匈奴，通西域"，派熟知边境地形的窦固出征北匈奴。

窦固是东汉开国功臣窦融的侄子，因娶刘秀的女儿涅阳公主为妻而地位显贵。刚开始任黄门侍郎，公元56年继承父亲的官位成为显亲侯，明帝即位后升任中郎将，统领御林军。后因哥哥窦穆犯法而受牵连，被罢官，在家中静养。

公元72年，窦固、耿秉率军出屯凉州。公元73年，汉明帝命窦固为主帅，统兵4万余人，分四路出击北匈奴：窦固、耿忠率军1.2万向酒泉塞发起攻击；耿秉率军1万向居延塞发起攻击；祭肜（róng）率军1万向高阙塞发起攻击，并有南匈奴左贤王随征；来苗、文穆率军1万向平城塞发起攻击。

东汉四路大军同时进军，各依路线向目的地进发。窦固率军攻进天山，杀死了1000左右的匈奴人，还将北匈奴呼衍王一直追杀到了蒲类海。同时，窦固又以班超为假司马，率领"三十六吏士"出使西域，从外交上争取西域诸国的支持，破坏北匈奴与西域诸国的联合，进而打通了去西域的通道。

然而，因为北匈奴采取的是躲避退让策略，汉军除窦固一路战绩较大外，其余三路皆无功而回。

公元74年11月，窦固与驸马都尉耿秉、骑都尉刘张率14000名将士经敦

煌昆仑山，征伐天山，在蒲类海击破盘踞白山的北匈奴军队后，又攻打北匈奴的附属国车师。此时车师已经分为前、后两部，前部的车师国王是后部车师国王的儿子，车师前后两部相距有500余里。经过观察，窦固发现，车师后部距离汉军较远，而且去往车师后部的沿途山高谷深，此时天寒地冻，不利行军，于是窦固决定先攻击车师前部分。驸马都尉耿秉则认为，车师后部是整个车师国的核心,只要击破车师后部,那么车师前部就会不攻自降。于是耿秉主动请求率军北上。耿秉率军猛烈攻击车师后部,斩杀了数千人,虏获了10多万头牛马。看到这样的情况,车师后部的国王震惊极了,忙率领几百名将士出来迎击耿秉,结果被耿秉降服。接着车师前部国王主动投降了汉军。长达两年之久的天山之战以汉军大胜而告终。

天山之战后,东汉政府恢复了西汉时期设置的西域都护和戊、已校尉,并命陈睦、司马耿秉带领几百名将士屯驻在车师后部的金蒲城,命关宠带领几百名将士屯驻在车师前部的柳中城。这样,汉朝与西域的交通在中断60多年后又重新恢复了。

天山之战结束后,窦固在边关戍守了几年。在对待边境少数民族的问题上,窦固采取了"尊重民俗"的态度和策略,使得边境一直保持着稳定平和的局面。

那时,边境上的胡人在招待宾客时用的是没有完全烤熟的或是还带血的肉。他们将带血的肉用刀切下,然后呈给窦固。窦固总是抓过肉就大吃起来。看见窦固这样吃肉,羌人和胡人觉得他们并没有被蔑视,因此也非常尊敬窦固。

章帝即位后,封窦固为大鸿胪。因为知道窦固熟悉边境的事,因此每当边境出现重大事情时,章帝都要征求窦固的建议。

公元88年,窦固去世。

皇宫的禁室——冷宫

冷宫,指君主安置失宠的后妃、皇子的地方。在封建王朝时期,被选到宫中的女子一旦失宠或犯罪,不能出宫,只能待在宫中直到死,而皇室为了体面,就将她们安置到一个地方,这就有了冷宫。打入冷宫的妃嫔实际上就是被废了,只能在冷宫中度过凄凉的后半生。

班超投笔从戎

张骞出使西域后，汉朝与西域各个国家的关系一直很友好。可是西汉后期，国内纷乱，匈奴趁机联合一些西域国家，经常进犯汉朝边境。公元 73 年，汉明帝命班超出使西域，重新建立与西域各国的友好关系。

班超出生在一个书香门第，父亲班彪，是光武帝时的历史学家；哥哥班固，明帝时任校书郎，负责编写史书。哥哥被征召做校书郎后，班超和母亲也随着到了洛阳。为了贴补家用，班超常给官府抄写文件，也替别人抄写书籍。长期的抄写使班超劳苦不堪。听说匈奴联络了西域的几个国家，经常掠夺边界上的居民和牲口，他心中充满了忧虑。有一次，他停下了手中的活儿，扔了笔，感叹道：

"大丈夫如果没有其他的志向，也应像张骞那样到塞外去立功，在异地他乡立下大功，以得到封侯，怎么能长时间从事笔砚间的工作呢？"

旁边的人都嘲笑他，班超说：

"小人物怎么能了解有志之士的志向呢！"

就这样，班超抛弃了他的抄书工作，参加了军队。

班超参加了大将军窦固的部队，在攻打匈奴的战斗中立下战功，得到了窦固的赏识，于是窦固就派遣他与郭恂为使者，先去联络西域，斩断匈奴与西域的联系，再去对付匈奴。

班超一行 36 人首先来到西域一个较大的国家——鄯善国。鄯善王很热情招待了他们。过了几天，匈奴也派使者来同鄯善国联络，由于匈奴使者从中挑拨，鄯善王对班超的态度渐渐冷淡起来。

　　班超发现是匈奴使者在中间捣乱才让鄯善国王有意回避他们后，就鼓励随行人：

　　"不入虎穴，不得虎子！我们现在只有冒险试一试了，如果不杀了匈奴使者，鄯善王的态度就不能改变了。要是他把我们抓起来送给匈奴人，我们就必死无疑了。"

　　当天夜里，班超就率领着 36 个壮士偷袭匈奴的帐篷，杀了匈奴使者和随从，烧了他们的帐篷。

　　第二天，班超把匈奴使者的首级提给鄯善王看，并且安慰、劝解了一番，鄯善王才心悦诚服，表示愿意同汉朝建立友好关系，并让他儿子到洛阳去学习汉朝的文化。

　　班超回到洛阳后，窦固向汉明帝奏明了班超的功劳。汉明帝对班超这种足智多谋、胆大心细的举措大为赞赏，提升他为军司马，命令他出使于阗。

　　班超带着原班人马到了于阗 (tián)，向于阗王转达了汉朝想与之结为友好关系的愿望。

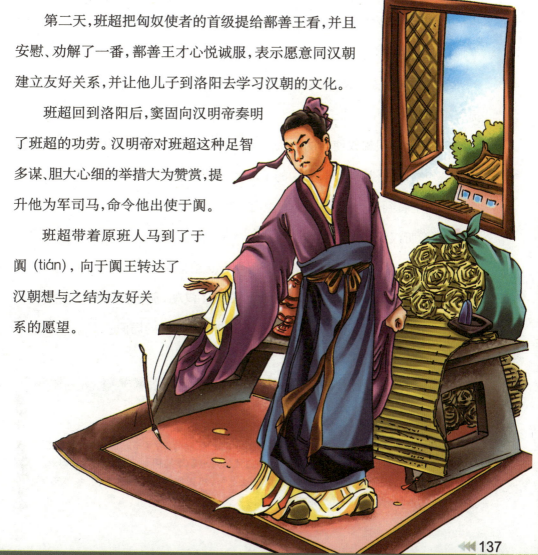

于阗王早就听说班超很厉害，就出来接见，可又因为怕匈奴而左右为难。见班超带的人少，于阗王对班超等人因此就十分冷淡了。

于阗王迷信巫术，于是有个向着匈奴的巫师对于阗王说：

"大王千万不要和汉朝通好啊！否则，天神就会发怒而降罪给大王的。"

巫师装神弄鬼一阵后又说：

"汉朝使者有匹好马，可以牵来杀了祭天神，天神就会保佑大王了。"

于阗王派人向班超讨马。班超早就知道了这一密谋，因此对来人说：

"大王要用我的马敬神，我怎么能不乐意呢？可不知道要的是哪一匹，请巫师自己来挑选吧。"

取马的人回去一说，那个巫师果然来挑马了。班超立刻把巫师杀了，然后提着巫师的头去见于阗王。

"这个人头跟匈奴使者的人头一个样儿。你跟汉朝和好，两国都有好处；你要是勾结匈奴侵犯汉朝，巫师的下场就是个例子。"

于阗王看到这个场面，早就吓坏了，连连说：

"愿意听汉天子的吩咐。"

班超见于阗王有了诚意，就代表汉明帝送给他及于阗国大臣们许多礼物。

鄯善、于阗是西域的主要国家，他们归附了汉朝，别的西域国像龟兹、疏勒等也都跟着汉朝和好了，恢复了张骞当年出使西域时的局面。

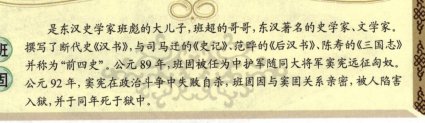

班固 是东汉史学家班彪的大儿子，班超的哥哥，东汉著名的史学家、文学家。撰写了断代史《汉书》，与司马迁的《史记》、范晔的《后汉书》、陈寿的《三国志》并称为"前四史"。公元89年，班固被任为中护军随同大将军窦宪远征匈奴。公元92年，窦宪在政治斗争中失败自杀，班固因与窦宪关系亲密，被人陷害入狱，并于同年死于狱中。

功成身败的窦宪

虽然窦固将北匈奴打败了，但未能将其全部歼灭。汉和帝时，漠北东部兴起的鲜卑族大败北匈奴，杀死了匈奴单于，漠北一片混乱。于是南匈奴单于请汉朝廷出兵一起攻打北匈奴。触怒窦太后的窦宪为求自保，主动请求出征北匈奴，将功赎罪。

窦宪是窦穆的孙子、窦融的儿子，因窦勋在宫廷内讧中被害，导致家道一度中落。汉章帝时，窦宪的妹妹被封为皇后，窦宪才受到重用。但窦宪却仗势胡作非为，因用低价强行购买了章帝妹妹沁水公主的田园而触怒汉章帝。经窦皇后再三劝说，章帝才平息怒气，并让窦宪归还属于沁水公主的田园，从此，窦宪便不被重用。

公元 88 年，章帝去世，十岁的和帝继位，于是窦太后临朝称制，并命窦宪以侍中的身份在朝内参与机密事情，在朝外宣布诏命。

窦宪得势后便公报私仇。他曾派人杀死了审判他父亲的韩行的儿子，并把其人头割下来放在父亲的坟头上祭奠。都乡侯刘畅来京为景帝奔丧时受到窦太后的喜欢，并被召见了几次，窦宪知道后害怕刘畅分享了他在朝内的权力，于是便公然派刺客将刘畅杀死，并嫁祸刘畅的弟弟利侯刘刚，并且派人审问刘刚。事情真相被揭发后，窦太后大怒，便把窦宪囚禁在内宫之中。

见触犯了太后，窦宪怕自身难保，于是请求率兵去征讨匈奴。但朝中大臣却认为，匈奴已经不再侵犯汉朝边塞，这样无缘无故地率军远涉，不仅没有什么益处，而且会消耗国家的实力。太后犹豫不定，征求了征西将军耿秉的意见后，窦太后命窦宪为主帅，率军北征。

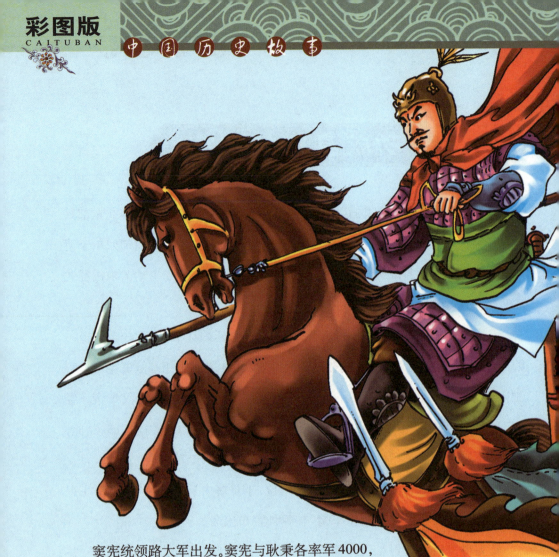

　　窦宪统领路大军出发。窦宪与耿秉各率军4000，会同南匈奴王师子的1万骑兵，共18000人，由朔方郡的鸡鹿塞北进。在稽落山包围北匈奴主力。经过激战，北匈奴军队溃散，北匈奴王逃走。窦宪整军追击，直到私渠比鞮海。这一战共斩杀北匈奴名王以下将士13000多人，俘获马、牛、羊骆驼百余万头，来降者81部、20多万人。窦宪乘兴登燕然山，命人刻石立碑记载这次胜利。

　　窦宪一面班师回至五原，一面派人追击北匈奴单于，并向他宣明汉朝的威严。此时北匈奴惊魂未定，在汉朝军队的威慑下，又有1万多人归降，于是北匈奴单于派他的弟弟向汉朝进贡并留在汉朝。见北匈奴单于没有亲自来洛阳，窦宪认为他缺乏诚意，便奏请朝廷将北匈奴单于的弟弟遣送回去。

此时，朝廷派中郎将到五原，升窦宪为大将军，封为武阳侯，又赏给他大片土地。窦宪坚决辞去封赏，只接受了大将军职位。

北匈奴单于见汉朝送回了弟弟，便派使者见窦宪，表示愿意向汉朝称臣，并准备亲自入朝。听到这一消息后，南匈奴单于又轻兵疾进，乘夜色包围了北匈奴单于本部。北匈奴单于忙率1000多精兵与南匈奴军激战。结果北匈奴单于受重伤逃走。大将军窦宪认为北匈奴遭到南匈奴的打击后，已经极度衰弱，于是想彻底将北匈奴消灭。公元91年2月，左校尉耿夔、司马任尚率军出居延塞，在金微山大破北匈奴军，汉军俘获了北匈奴单于的母亲，杀死了名王以下5000多人。北匈奴单于逃走，不知所向，北匈奴被彻底歼灭。

窦宪因征讨匈奴而威名大盛，于是命亲信把揽朝政、占据要地。公元92年，和帝已经十四岁，但每次临朝事无巨细，都要听从窦宪。后来窦宪的党羽居然要谋害和帝，得知这一阴谋后，和帝便与身边的宦官郑众商定计谋要诛杀窦氏。当年6月，窦宪班师回京，和帝关闭城门，诛杀窦宪党羽，并派人收回窦宪大将军官印，让他和三个弟弟都回封地去。回到封地后，三人都被迫自杀。

窦 宪 的 功 与 过

虽然窦宪平定了匈奴，但是只要一提起抗击匈奴的人，人们往往只能想到卫青、霍去病，这是因为窦宪这位大将军在功成名就以后，恃宠而骄，依势作恶，把揽朝政，滥杀无辜，终至身败名裂。虽然窦宪没有被人们记住，但他平定北匈奴，使汉朝北部边患暂时解除，并进而促进中国北方地区统一，为推动中国历史的进程起了不可磨灭的伟大历史作用。

飞扬跋扈的梁冀

公元125年，东汉第七个皇帝顺帝即位，大将军梁商把两个女儿献给汉顺帝，姐姐被立为皇后，妹妹则被封为贵人。梁商虽然是皇帝的老丈人，但他有自知之明，为官谦虚谨慎，荐举贤才，廉政爱民，很受皇帝的重用。但是梁商的儿子梁冀，小时候就依仗皇亲国戚的身份，游手好闲，酗酒斗殴，恣意妄为，是京城有名的纨绔恶少。

起初，梁冀在宫里当个黄门侍郎，负责通风报信、跑腿传话。但是没几年，就凭着皇亲国戚的身份升为京都地区最高的官。身居要职后，梁冀干了许多违法乱纪的坏事。他父亲的门客洛阳令吕放看不惯梁冀行为，就经常在梁商面前说他的不是，梁冀得知后就派人将吕放刺杀了。为了掩人耳目，梁冀又让吕放的弟弟接任洛阳令，并假称吕放是被仇人所杀，又找了一个所谓的"仇人"，将其一家灭了门，无故枉杀一百多人。

梁商死后，汉顺帝就拜梁冀为大将军，执掌朝政。从此梁冀更加胡作非为，完全不把皇帝放在眼里。

汉顺帝死后，太子刘炳继位，改年号永嘉，史称汉冲帝，年仅2岁。梁冀的妹妹梁皇后成为皇太后，并临朝执政。但小皇帝继位不到一年就死了。梁冀就在皇族中找了一个8岁的孩子继位，就是汉质帝。

汉质帝虽然年纪小，但聪明伶俐，也比较勇敢。他早就知道梁冀是个奸臣，当今朝廷是梁氏专权，因此内心非常痛恨梁氏家族。

有一次在朝堂上，汉质帝当着文武百官的面，瞪着梁冀说：

"真是个跋扈将军！"

　　梁冀听了,非常生气,但当面不好发作,只好忍了下来。退朝之后梁冀想,这孩子小小年纪就那么厉害,长大了可了得,便决定杀了汉质帝。

　　他命手下人把毒药加入饼里,送给汉质帝。汉质帝哪儿知道饼里有毒,吃了饼,马上觉得肚子不舒服。汉质帝叫内侍把大臣李固叫来。

　　"陛下怎么了?"

　　"刚刚吃了饼,现在觉得肚子难受,嘴里发干,想喝点水。"

　　梁冀在一旁冷眼注视,阴狠地说:

　　"不能喝,喝了水就要呕吐……"

　　梁冀的话还没说完,8岁的质帝就倒在地上,断了气。

　　梁冀的"跋扈将军"之名因此而得。

　　汉质帝死后,梁冀不顾大臣们的反

对,立刘志为帝,即汉桓帝。这个刘志是梁冀的小妹夫,这样,朝政全把持在梁冀手里,梁冀更加飞扬跋扈了。梁冀把洛阳近郊的民田全都霸占下来,盖成梁家的私人花园。在河南城西造了一个兔苑,命令各地交纳兔子。他还在兔子身上做上记号,谁要是伤害梁家兔苑里兔子,就犯死罪。有个从西域到洛阳来的商人不知道这个禁令,打死了一只兔子。为了这件案子,竟连累了十多个人丢了性命。

梁冀还到处聚敛钱财。有个叫孙奋的有钱人。梁冀故意送给他一匹马,向他借钱5000万。孙奋只给了他5万。梁冀火冒三丈,他吩咐官府把孙奋抓了起来。等孙奋被官府逼死后,梁冀将他的财产全部据为己有。

梁冀这样无法无天地掌了将近20年大权。饱受控制、欺压的汉桓帝不仅对梁冀的横行霸道非常不满,而且也不甘心当傀儡。于是汉桓帝就秘密联络了单超等5个跟梁冀有怨仇的宦官,趁梁冀不防备,发动御林军1000多人,突然包围了梁冀的住宅。

梁冀见大势已去,知道自己罪恶滔天,便和妻子都自尽了。和梁家沾亲带故的,无论男女老少,全被关进监狱,最后被处决。

梁家势力倒了,汉桓帝没收了梁冀的家产,一共值30多亿,这笔钱相当于当时全国一年租税总和的一半。被梁家占做花园、兔苑的民田,仍归还给农民耕种。

外戚专权的东汉

从汉光武帝刘秀开始,皇室与功臣名将的家族便开始联姻。因此,东汉王朝的皇后都是从窦融、邓禹、马援、梁统等功臣的家族中选出的。这样,在皇帝身边就有了一股侵蚀皇权的强大的外戚势力。东汉王朝从第四个皇帝和帝起,就开始了外戚专权的局势,这以后,皇帝的废立都或直接或间接地被外戚所左右。梁冀就是在这种局势下得以掌握朝政的。

黄巾起义

扫码查看
☑ 中华故事
☑ 典故趣闻
☑ 能力测评
☑ 学习工具

东汉末年，皇帝昏庸，宦官专政，贪官横征暴敛，政治腐败到了极点。豪强地主兼并土地，加上接二连三的天灾，人民颠沛流离，四处暴动频发。

巨鹿郡有弟兄三人，老大名叫张角，老二叫张宝，老三叫张梁。张角看到农民受地主豪强的压迫和天灾的折磨，盼望有一个太平世界，能安安乐乐地过日子。于是他决定利用宗教把群众组织起来，创立一个教派——太平道。

在十年左右的时间里，太平道的教徒遍布全国，多达十几万人。公元176年，司徒杨赐曾上书灵帝，请求禁止太平道。但汉灵帝正忙着建造他的林园，没把司徒杨赐的话放在心里。

张角把全国的教徒组织起来，由张角统一指挥，并提出"苍天已死，黄天当立，岁在甲子，天下大吉"的政治口号。

张角在准备工作就绪后，又亲自到京师洛阳观察政局，并不断地派人秘密搜集情报，寻找最有利的起义时机。公元184年，张角号令全国各方在三月初五这天同时举行起义。

可是在起义前一个月，起义军内部出了叛徒，向东汉政权告了密。在洛阳做联络工作的马元义不幸被捕牺牲，洛阳的1000多名道徒也惨遭杀害。在这万分紧急的形势下，张角当机立断，决定提前一个月起义。36万的起义农民，一接到张角的命令，同时起义。张

角自称天公将军，称张宝为地公将军，张梁为人公将军。起义军以黄巾包头，因此称为"黄巾军"。

汉灵帝慌忙调集各地精兵，镇压黄巾军。各地豪强地主也纷纷起兵，配合官军镇压起义。

黄巾军面对野蛮凶暴的敌人，进行了顽强的搏斗，打了许多胜仗。五月，包围长社的波才领导的颍川黄巾军因缺乏作战经验，遭到皇甫嵩的火攻，几万黄巾军将士惨遭杀害。六月，朱俊率军转攻南阳，围住宛城三个月，战斗异常激烈。后来张曼成、赵弘相继战死，宛城陷落，南阳黄巾军被镇压。

当东汉的军队在颍川、南阳打了胜仗时，张角亲自领导的冀州黄巾军正以顽强的斗志抗击着东汉王朝派来的官军。他们在广宗、下曲阳先后打败卢植和董卓的军队。八月，东汉政府把皇甫嵩调到河北前线来，两军在广宗相持。在这紧要关头，张角不幸病死，黄巾军由他的弟弟张宝、张梁率领，继续与敌人作战。九月的一天凌晨，皇甫嵩用偷袭的方法打垮了守城义军。十一月，又攻克冀州黄巾军最后一个据点——张宝驻守的下曲阳。张梁、张宝相继阵亡。三万多黄巾军惨遭杀害，五万多人投河而死。

黄巾军主力经九个月激烈战斗，沉重打击了东汉政权。此后，分散各地的黄巾军继续与东汉政权进行了长达二十多年的斗争。

汉灵帝敛财

东汉末年，汉灵帝将大权交给宦官，自己只知道吃喝玩乐。国库的钱不够用了，为了搜刮钱财，宦官怂恿汉灵帝在西园开了一个铺子。有钱的人可以公开到这个铺子里来买官职、买爵位。他们还在鸿都门外张贴榜文，标出了官职的价格。买官的人如果一时不能将钱全部凑齐，可以暂时赊欠，等他上任以后加倍偿还。这样那些买了官的人，一上任便使劲搜刮民脂民膏。可见东汉王朝黑暗腐败到了极点。

蔡伦造纸

在西汉以前,人们在狭长的竹片或木片上写字,但是竹片和木片的容量不仅小,而且拿起来也很重。西汉时,人们又在丝绸上写字,但丝绸价钱昂贵,得不到普及。到了东汉,造纸术开始广泛流行,而促使造纸术发展的人就是蔡伦。

蔡伦出身贫寒,从小就与父亲一起种田。汉章帝即位后,15岁的蔡伦被召进洛阳宫做了太监。因为聪颖机灵,手脚勤快,他很快就由小黄门升为黄门侍郎,掌管宫内外的公事传达等事宜。

后来没有子嗣的窦皇后唆使蔡伦诬陷章帝的宠妃宋贵人,并除掉了她。宋贵人所生的太子刘庆被贬为清河王。之后窦皇后又指使人写匿名信陷害章帝的另一个宠妃梁贵人,并强行把梁贵人的儿子刘肇收为自己的养子,册立为太子。

和帝刘肇十岁时便继位,于是窦太后临朝听政,蔡伦被晋升为中常侍,负责伺候和帝,并与大臣一起讨论国家大事,位列九卿。

窦太后病亡后,和帝亲政,并册立邓绥

为皇后。知道邓皇后喜欢舞文弄墨后，蔡伦就请命担任尚方令一职，掌管朝廷御用手工作坊。

担任尚方令的蔡伦经常命人制作一些邓皇后喜欢的东西。邓皇后因喜欢纸墨，所以曾让各州郡进贡各种纸墨。看到这种情况，蔡伦就想改进造纸的方法，以能让人们方便用纸。

有一次蔡伦在河边看到有女子在河里抽蚕丝、洗蚕丝。等女子把洗好的蚕丝拿走后，蔡伦发现剩余的破蚕丝在河面上结成了一层薄膜。蔡伦小心翼翼地把那层薄膜捞上来放在河岸上晾干。他发现，晾干后的那层薄膜可以糊窗户、包东西，还可以写字。于是蔡伦又来到造纸的作坊，请教那些造丝絮纸的工匠，渐渐地了解了造纸的一般步骤。

于是蔡伦把树皮、麻头、破布和破鱼网剪碎或切断泡在水里，捣成浆。再把浆薄薄地铺在竹席上，晾干后轻轻揭下来，就成了一张张的纸。公元105年，蔡伦把这种纸献给了皇帝，自此这种纸就在全国推广开了。

不久和帝驾崩，邓皇后的儿子即位，可是新皇帝很快又病亡了。邓太后就立清河王刘庆的儿子为帝，即安帝。不久，邓太后病亡，安帝亲政。蔡伦因为当初受窦后指使参与迫害安帝皇祖母宋贵人致死、剥夺皇父刘庆的皇位继承权而被审讯查办。蔡伦自知没有活路，便服毒自尽。

蔡 伦 造 纸 的 意 义

造纸术与指南针、印刷术、火药是我国古代的"四大发明"。蔡伦改进造纸的方法后，造纸术经中原传入西域，并由西域传至安息、大夏，进而传遍欧洲，为世界文明的发展作出了非常重要的贡献，对世界历史的进程产生了深远的影响。而造纸术的改进者蔡伦因推动了手工业的发展，被称为东汉时期的科学家，因而留名后世。

天文学家张衡

东汉时期有一位伟大的天文学家——张衡，他发明的用于观测天象的浑天仪和预测地震的地动仪极大地推动了我国古代天文学的发展。

张衡从小就爱想问题，不懂的问题，总要寻根究底，弄个水落石出。后来，他进了当时的最高学府——太学。从此他开始致力于探讨天文、阴阳、历算等学问，并反复研究西汉扬雄著的《太玄经》。他在这些方面的成就引起了皇帝的注意，于是被召到京城洛阳担任太史令，主要掌管天文历法等事务。

那个时候，人们缺少科学知识，一看见月食就心惊胆战。张衡在《灵宪》一书中解释说："月亮不会发光，人们看到月亮发光是由于太阳光照在它上面的缘故。月亮不停地绕着地球转，地球也不停地绕着太阳转。在农历十五、十六，月亮运行到和太阳相对的方向。这时如果地球和月亮的中心大致在同一条直线上，太阳照着地球，地球的另一面就有一个黑影子，月亮就会进入地球的背影，而产生月食。"

为了进一步观察天地，张衡想要制造一个能"观天察地"仪器。依据"浑天说"的理论，经过无数个日夜，张衡终于制造出当时世界上最先进的天文仪器——浑天仪。它转动一周的时间恰好和地球自转一周的时间相等。通过浑天仪可以准确地看到太空中的星象。

虽然张衡解释了月食发生的原因，发明了浑天仪，但人们对他的学说并不相信，对他的发明也嗤之以鼻。

那时候，经常发生地震。每发生一次地震，都会影响到很多地区。当时，人们把地震看作不吉利的征兆，认为是得罪了上天的结果。但张衡却不这样认为，他觉得地震发生是有原因的，也是可以预测的。于是他认真记录、研究地震现象，经过细心考察和分析，发明了一种能测定地震方位的仪器——地动仪。

地动仪是用青铜制造的，形状像大酒坛。顶上有凸起的盖儿。四围刻铸有八条龙，龙头对准八个方向。每条龙的嘴里含着一颗小铜球。龙头下面，分别蹲着八只铜铸的蛤蟆，仰着头，张着嘴，对准上面的龙嘴。要是哪个方向发生了地震，朝着那个方向的龙就会吐出嘴里的铜球。铜球掉在蛤蟆的嘴里，发出响亮的声音，就给人发出地震的警报。

公元138年2月的一天，地动仪正对西方的那个龙突然吐出了铜球。按照地动仪的设计原理，这就说明京城西部发生了地震，当时，有不少人都不相信发生了地震。没过几天，有人骑着快马来向朝廷报告，说离洛阳1000多里的金城、陇西一带发生了大地震，大伙儿这才信以为真。

可是在那个时候，朝廷掌权的全是宦官和外戚，像张衡这样有才能的人不但不被重用，反而受到打击和排挤。他们就在皇帝面前讲张衡的坏话，使张衡被调出了京城，到河间去当国相。三年后，张衡在河间逝世。

博学多才的张衡

张衡不仅是著名的天文学家，还是著名的文学家。在求学的时候，张衡利用三年的时间游历了长安的山川，探察了历史遗迹，考察了各地政治和经济状况。在南阳太守手下做文官的闲暇时间里，张衡用了十年时间，不停地修改自己在长安和洛阳游历时收集到的资料，还写成了著名的《二京赋》。此赋为后人所传诵，张衡也因此成为东汉知名的辞赋家。

医圣张仲景

东汉末年，连年混战，致使瘟疫流行，大批人死亡。这时，被人们尊称为"医圣"的张仲景凭着自己精湛的医术救治着人们。

张仲景的父亲是个读书人，在朝廷做官，因此张仲景从小就有机会接触到许多典籍。当在史书上看到扁鹊望诊齐桓公的故事后，钦佩扁鹊高超的医术的同时，张仲景对医学产生了浓厚的兴趣。

当时有一个名医叫张伯祖，经他治疗过的病人，十有八九都能痊愈，因此很受百姓尊重。十岁时，张仲景便拜张伯祖为师，学习医术。在学习期间，张仲景从不怕苦怕累。张伯祖非常欣赏张仲景的这种精神，就把毕生所学全部教给了他。很快张仲景便成了一个有名气的医生。

那时候人们的知识水平有限，有病了就请巫婆医治。看到巫婆和妖道乘机坑害百姓，骗取钱财，张仲景一面和他们争辩，一面用医疗实效来奉劝人们相信医术。

有一次，张仲景遇见一个病人，病人一会儿哭一会儿笑，总是疑神疑鬼。巫婆看过后，认为是"鬼怪缠身"，病人的家人便要请巫婆为病人"驱邪"。张仲景仔细观察了病人的气色、病态，又询问了病人的一些情况后对病人家属说：

"他这病不是'鬼怪缠身'，而是'热血入室'，是受了较大刺激

造成的。他的病完全可以治好。"

在征得病人家属同意后，张仲景研究了治疗方案，为病人扎了几针。几天后，病人慢慢好起来了。经过一段时间的治疗，病人痊愈了。从此，一些穷人生了病，不再相信巫婆的鬼话，而是找张仲景治病。张仲景解救了许多穷苦人。

在行医过程中，张仲景系统地总结出"辨证施治"的理论，因此医术大大提高了。"建安七子"之一的王粲与张仲景有较深的交情。有一次，张仲景对王粲说："你已经染病了，应马上服用五石汤，或许可除病根。否则40岁会掉眉毛，眉毛掉半年后，你将有生命危险。"

当时王粲才20多岁，身体很健康，就没把张仲景的话当成一回事。几天后，张仲景又看见了王粲，便问他是否服药了。王粲敷衍说"吃过了"。张仲景仔细观察了王粲的脸色后说："你根本就没有吃，你为什么这样讳疾忌医，又为什么如此不爱惜自己的生命呢？"

可王粲还是没有按张仲景说的做。20年后，王粲开始脱眉，脱眉到第187天，便死去了。

建安年间，前后发生了五次瘟疫，使很多人丧生。张仲景的家族中也有2/3的人死去，其中有7/10是死于伤寒病。张仲景决心要控制瘟疫的流行，根治伤寒病。后来，张仲景便隐居少室山，专心研究医学，撰写医书，终于写成了临床医学名著《伤寒杂病论》。张仲景也因此被后人尊称为"医圣"。

名 医 扁 鹊

扁鹊是春秋战国时期的名医。因为他医术高超，被人们认为是神医，所以人们就用传说中上古时期的名医扁鹊的名字来称呼他。扁鹊对于内科、外科、妇科、儿科、五官科等都很精通，并应用砭刺、针灸、按摩、汤液、热熨等方法治疗疾病，他创造了望、闻、问、切的诊断方法，奠定了中医临床诊断和治疗方法的基础。